AF404588

ANTHOLOGIE FRANCO-INDOCHINOISE

MORCEAUX CHOISIS DES ÉCRIVAINS FRANÇAIS

I

Pierre LOTI
Henri MOUHOT
Francis GARNIER
Louis de CARNÉ
Jules BOISSIÈRE

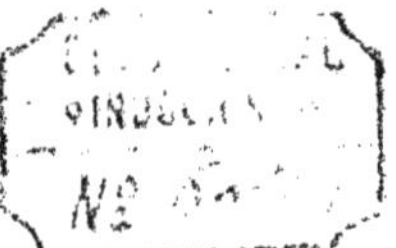

IMPRIMERIE MAC-DINH-TU
LE-VAN-TAN Succr
136, Rue du Coton. — HANOI.
— 1937 —

Extrait du « Bulletin de la Société d'Enseignement mutuel du Tonkin », 1926, n° 4.

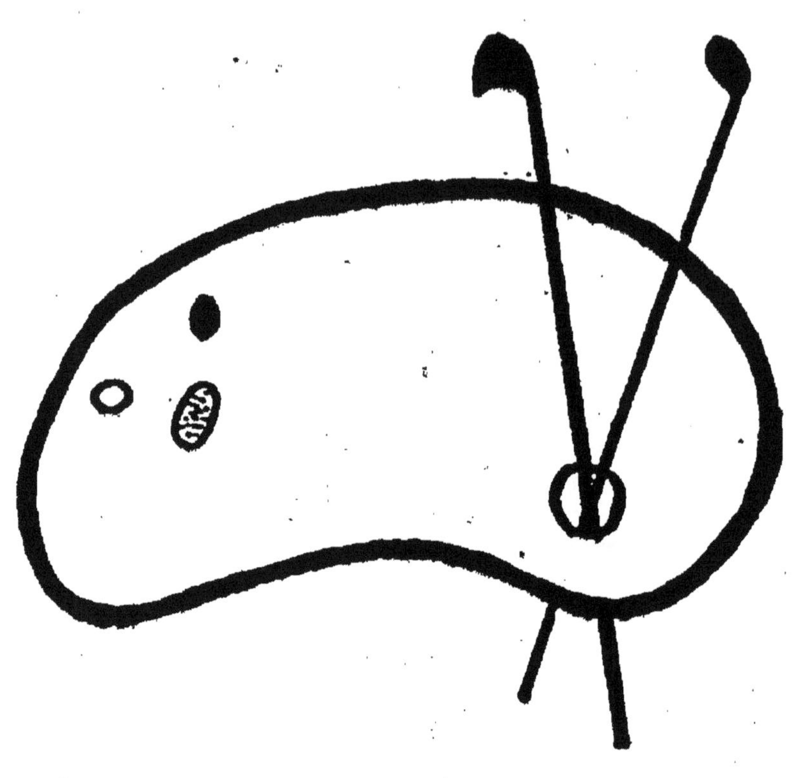

FIN D'UNE SERIE DE DOCUMENTS
EN COULEUR

ANTHOLOGIE
FRANCO-INDOCHINOISE

MORCEAUX CHOISIS
DES ÉCRIVAINS FRANÇAIS

I

Pierre LOTI
Henri MOUHOT
Francis GARNIER
Louis de CARNÉ
Jules BOISSIÈRE.

AVANT-PROPOS

Le public annamite a depuis longtemps manifesté son désir de connaître les productions les plus remarquables de la littérature française sur l'Indochine : on a cherché à le satisfaire par des traductions, mais toutes les traductions sont condamnées à n'offrir, au lieu d'originaux pleins de vie, que des copies plus ou moins pâles.

Aussi avons-nous cru intéressant de réunir un certain nombre d'extraits caractéristiques, empruntés aux auteurs les plus divers : poètes, romanciers, explorateurs, géographes, historiens. L'ordre dans lequel nous les disposons est différent de celui qu'avaient adopté nos prédécesseurs. Il était d'usage jusqu'ici de les classer d'après le pays et le sujet qu'ils traitent. On trouve successivement dans les « anthologies coloniales » ce qui a rapport au Tonkin, à l'Annam, à la Cochinchine, au Cambodge et au Laos. C'est à peu près la matière dont M. L. Lanier avait groupé les « lectures de géographie » dans son vaste recueil (1). On a reconnu de nos jours tout ce que ces arrangements avaient d'arbitraire pour un recueil de morceaux choisis, et combien ils gênaient au lieu de servir. Beaucoup de ces morceaux détachés n'ont pas un caractère très précis, et l'on ne sait dans quelle catégorie les ranger ; d'autres appartiennent à deux catégories à la fois, sans compter ceux qui ne peuvent rentrer dans aucune, ce qui force à créer, sous le nom de miscellanées, des classes qui deviennent bientôt plus considérables que les autres. Ces inconvénients nous ont frappés ; nous avons pensé qu'il fallait faire pour une anthologie indochinoise ce qu'on a fait depuis plusieurs années pour les recueils de morceaux choisis de littérature française : nous avons renoncé au classement par pays et nous sommes revenus à l'ordre chronologique des auteurs, comme il est d'usage de le faire pour les écrivains français. Nous nous sommes donc contentés de reproduire exactement les principaux morceaux de littérature franco-indochinoise, en ayant soin de les ranger, autant que possible, d'après leur date. Cette méthode, semble-t-il, est la seule qui soit rigoureuse et qui contente l'esprit. Des notes discrètes, empruntées d'ailleurs aux meilleurs critiques français, permettront au lecteur non initié de s'orienter à travers la production variée des écrivains franco-indochinois.

Bien que cette production ait subi l'influence et nous offre le reflet de la littérature proprement française (2), elle ne laisse

---

(1) L. Lanier, *L'Asie, Choix de lectures de géographie accompagnées de résumés, d'analyses de notices historiques, de notes explicatives et bibliographiques*. Paris, Belin frères.

(2) Louis Cario et Charles Régismanset, *L'exotisme, la littérature coloniale*. Paris, Mercure de France, 1911.

pas d'avoir son caractère à elle, et plusieurs de ses coryphées méritent une place à part dans le tableau général de la littérature française. Nous n'essaierons pas de la retracer ici, un critique doublé d'un poète, le D^r Le Lan, l'ayant déjà fait dans un « Cahier indochinois » sous le titre d'Essai sur la littérature indo-chinoise (1).

Dans les ouvrages de ce genre, la méthode et le caractère général importent beaucoup plus que le sujet spécial : les faits ne peuvent guère être nouveaux : il s'agit surtout de savoir si l'auteur sait les choisir, les exposer et les apprécier comme il convient à l'objet qu'il se propose. Disons-le dès l'abord : les qualités de l'Essai du Dr Victor Le Lan l'emportent de beaucoup sur les défauts. Il possède à un haut degré la plus essentielle de toutes, celle d'intéresser ses lecteurs. Habile à démêler et à saisir les traits caractéristiques de chaque sujet, il les exprime vivement, avec une animation exempte de toute emphase, avec une sobriété sans raideur, dans un style solide et nerveux. La nuance d'ironie qui se fait souvent jour dans son exposition lui donne une saveur particulière ; elle est habilement remplacée, quand il y a lieu, par une note de sympathie toute personnelle, pour ainsi dire, faite pour réveiller et charmer le lecteur. Les jugements de l'auteur ne sont pas empruntés à la jurisprudence courante ; on sent qu'il se les est faits lui-même avec sincérité ; il ne s'enchaîne à aucune théorie, et ne jure par les paroles d'aucun maître. Sa méthode est la méthode réellement historique : il place toujours les hommes et les œuvres dont il parle dans le cadre de leur temps ; il explique leur origine, leur caractère, leur succès, et il leur assigne par une note rapide et très souvent juste leur rang dans le développement général de la littérature franco-indochinoise. Il a recouru, on le voit, aux sources directes, plus qu'il ne le fait voir, et beaucoup plus que les auteurs de certains ouvrages de ce genre destinés à un public plus sérieux ; il condense en peu de lignes le fruit de lectures nombreuses et de réflexions mûries. Par là, son Essai prend dans le nombre des manuels d'histoires littéraires une place originale et distinguée, et se fait lire avec un égal plaisir, soit de ceux qui ignorent, soit de ceux qui savent. Guidés par un critique aussi averti, nous espérons n'avoir négligé aucune des sources d'information propres à faire apprécier les meilleures pages sur les cinq pays de l'Union indochinoise.

---

(1) Victor Le Lan, *Essai sur la littérature indo-chinoise.* Hanoi, Cahiers indo-chinois, (1907).

La montagne de marbre (1).

... Elle se rapproche ; de loin elle était d'un violet d'évêque, à présent elle est d'un gris sombre, étrangement déchiquetée, contournée à la chinoise, avec toute sorte de verdures extraordinaires qui s'accrochent, s'enchevêtrent et retombent. On sent qu'on approche de quelque lieu saint : çà et là commencent à paraître des tombes anciennes, bizarres. Puis des aiguilles naturelles, de marbre gris, sortent par places du sable uni comme des flèches d'église. Et la montagne de marbre elle-même qui est là tout près de nous, surplombant nos têtes, n'est qu'un assemblage insensé de flèches disloquées, penchées, désagrégées : ce qui surprend, c'est leur hardiesse et leur hauteur, et comment elles tiennent, et comment il y pousse tant d'admirables plantes fleuries.

... C'est la montagne qui est la pagode. Tout un peuple d'idoles terribles habite les cavernes ; les entrailles de la montagne sont hantées ; des charmes dorment dans les retraites profondes. Les dieux, de taille humaine, se tiennent debout, tout brillants d'or, les yeux farouches et énormes ; ou bien sommeillent accroupis, les yeux à demi clos avec des sourires d'éternité. Il y en a qui sont seuls - inattendus, surprenants dans quelque angle sombre. D'autres, en nombreuse compagnie, siègent en rond sous les dais de marbre, dans l'obscurité verte des cavernes ; inquiétants de physionomie et d'attitude, ils semblent tenir des conseils. Tous coiffés de la même cagoule de soie rouge.

---

(1) Ngũ-hành-son. Cf. Dr A. Sallet, *Les montagnes de marbre* (Bulletin des Amis du vieux Hué, Janvier - Mars 1924). — « Pierre Loti, qui a si merveilleusement illustré les pays qu'il a traversés et peints, est venu passer quelques jours au Tonkin. Le Tonkin ne lui a pas plu, ne lui a rien dit et il n'en dira rien. Je le déplore et je m'en réjouis. Je le déplore parce que, s'il avait vu avec mes yeux de fils aimant cette terre tonkinoise à laquelle j'ai consacré mes plus belles années, il l'aurait comme moi aimée jusqu'à la passion et aurait su trouver les mots caressants qui rendent son charme étrange et empoignant. Je m'en réjouis parce que s'il s'était laissé aller à son impression première, il eût trouvé des notes tristes de mélancolie pour les rejeter sur ce pays aimé, et, par ses prestigieux procédés de peintre, me l'eût peut-être fait voir moins beau. Je m'en réjouis surtout parce qu'il eût probablement fait descendre d'un rang dans mon admiration reconnaissante les Bonnetain, les Mat-Gioi, les Ajalbert, les Boissière, qui ont su voir et aimer notre patrie d'élection, qui ont su la faire aimer et la faire voir à ceux qui les ont vus. Mais si le Tonkin l'a laissé muet, il a cependant, dans ses *Propos d'exil*, inséré quelques descriptions de l'Annam où il raconte, avec la magie qu'il sait mettre dans ses récits, une curieuse excursion aux montagnes de marbre de Tourane. » (Victor Le Lan, *Essai sur la Littérature Indo-chinoise*, p. 21.)

... Une porte irrégulière, frangée de stalactites, s'ouvre devant nous, donnant à mi-hauteur d'édifice dans le grand sanctuaire. C'est le cœur même de la montagne, une caverne haute et profonde aux parois de marbre vert. Les bas-fonds sont noyés dans une espèce de pénombre transparente qui ressemble à de l'eau marine, et d'en haut, d'une trouée par où les grands singes nous regardent, tombe un éblouissement de lumière d'une teinte inexplicable : on dirait qu'on entre dans une immense émeraude que traverserait un rayon de la lune. Et les pagodes, les dieux, les monstres, qui sont là, dans cette buée souterraine, dans ce mystérieux resplendissement vert d'apothéose, ont des couleurs éclatantes de choses surnaturelles.

Pierre Loti (1), Propos d'exil, p. 237-249.
(Paris, Calmann-Lévy, 1892)

La brousse cambodgienne.

La grande brousse asiatique recommence de nous envelopper entre ses deux rideaux profonds, en même temps que se révèle, partout alentour, une vie animale d'intensité fougueuse. Sur les rives, que nous frôlons presque, des armées d'oiseaux pêcheurs se tiennent au guet, pélicans, aigrettes et marabouts. Parfois des compagnies de corbeaux noircissent l'air. Dans le lointain, se lèvent de petits nuages de poussière verte, et, quand ils s'approchent, ce sont des vols d'innombrables perruches. Çà et là, des arbres sont pleins de singes, dont on voit les longues queues alignées pendre comme une frange à toutes les branches.

De loin en loin, des habitations humaines, en groupe perdu. Toujours un fuseau d'or les domine, pointant vers le ciel : la pagode.

---

(1) Julien Viaud, dit Pierre Loti, né en 1850, mort en 1923. « Il fit ses études à Rochefort, entra en 1867 dans la marine, et fit ses premières campagnes dans le Pacifique : aspirant en 1870, enseigne en 1873 et lieutenant de vaisseau en 1881. Il avait fait la campagne du Tonkin et fut mis en disponibilité pendant quelques mois pour avoir publié dans le *Figaro* une correspondance sur les actes de cruauté lors de la prise de Hué (1883). Il a publié, sous le nom de Pierre Loti, des histoires d'amour exotiques, qui se déroulent dans les différentes parties du monde. La puissance de son talent descriptif et la sincérité pénétrante de son accent personnel, auquel une certaine monotonie ne fait pas tort, lui ont valu de bonne heure une très grande réputation ». (*La Grande Encyclopédie*)

Mes hommes ayant demandé de s'approvisionner de fruits pour la route, je fais arrêter à l'heure du crépuscule, contre un grand village bâti sur pilotis tout au bord du fleuve. Des Cambodgiens souriant s'avancent aussitôt, pour offrir des cocos frais, des régimes de bananes. Et, tandis que les marchés se discutent, une énorme lune rouge surgit là-bas, sur l'infini des forêts.

La nuit vient quand nous nous remettons en route. Cris de hiboux, cris de bêtes de proie ; concert infini de toutes sortes d'insectes à musique, qui délirent d'ivresse nocturne dans les inextricables verdures.

Pierre LOTI, Un pèlerin d'Angkor, p. 33-35.
(Paris, Calmann-Lévy, s. d.)

Le Tonlé Sap.

Nous entrons dans le lac immense, formé ici chaque année, après la saison des pluies par le puissant fleuve qui pérodiquement inonde les plaines basses du Cambodge et une partie des forêts du Siam. Pas un souffle de brise. Comme sur de l'huile, nous traçons, en glissant sur ce lac de la fièvre, des plissures molles, que la lune argente. Et l'air tiède, que nous fendons vite, est encombré par des nuées de bestioles étourdies, qui s'assemblent en tourbillon à l'appel de nos lanternes et s'abattent en pluie sur nous : moucherons, moustiques, éphémères, scarabées ou libellules.

...Sur le lac, grand comme une mer, voici le lever du soleil. Et en quelques minutes tout se colore. A l'horizon de l'Est, l'air limpide devient tout rose, et une ligne d'un beau vert chinois indique la continuation sans fin de la forêt noyée. Par contraste, du côté de l'Ouest — où la rive est trop lointaine pour être vue — il a des amoncellements de choses sombres, chaotiques, terrifiantes, qui pèsent sur les eaux ; des choses qui se tiennent debout, ainsi que des blocs de montagnes, et se découpent aussi nettes que des cimes réelles dans le ciel pur ; mais que l'on dirait prêtes à des écroulements formidables comme ceux des fins de monde ; l'ensemble de tout cela est raviné, creusé, tourmenté, avec des ténèbres dans les replis, avec des rougeurs de cuivre sur les saillies. Et juste au-dessus, comme posée, la vieille lune morte, la grande pleine lune couleur d'étain, commence à pâlir devant ce soleil qui surgit en face. Tout ce côté de l'Ouest serait à ne pas regarder, à faire peur, si l'on ne savait ce que c'est: un orage, d'aspect cent fois plus terrible que les nôtres, qui couve avec un air de dormir, et vraisemblablement n'éclatera pas.

Pierre LOTI, *Un Pèlerin d'Angkor*, p. 35-39.

L'enceinte d'Angkor.

Pour conduire à cette basilique-fantôme (1), un pont des vieux âges, construit en blocs cyclopéens, traverse l'étang encombré de roseaux et de nénufars; deux monstres, rongés par le temps et tout barbus de lichen, en gardent l'entrée; il est pavé de larges dalles qui penchent et, par places, on le dirait près de crouler dans l'eau verdâtre. Au pas de nos bœufs, nous le traversons, presque endormis; à l'autre bout s'ouvre une porte, surmontée de donjons comme des tiares, et flanquée de deux gigantesques serpents cobras qui se redressent, éployant en éventail leurs sept têtes de pierre.

Et, cette porte franchie, nous voici en dedans de la première enceinte, qui a plus d'une lieue de tour: une morne solitude enclose, simulant un jardin à l'abandon; des broussailles, enlacées de jasmins qui embaument, et d'où l'on voit çà et là surgir des débris de tourelles, des statues qui ferment les yeux, ou bien des têtes multiples de grands cobras sacrés. Le soleil nous brûle, maintenant que nous avons quitté l'ombre des épaisses ramures. Une avenue dallée de pierres grises allonge devant nous sa ligne fuyante, s'en va droit jusqu'au sanctuaire, dont la masse gigantesque domine à présent toutes choses; avenue sinistre, passant au milieu d'un petit désert trop mystérieux, et pour mener à des ruines, sous un soleil de mort. Mais, plus nous approchons de ce temple, que nous pensions voué au définitif silence, plus il semble qu'une musique douce arrive à nos oreilles, — qui sont un peu troublées, à dire vrai, par la fiévreuse chaleur et le besoin de dormir..... C'est bien une musique pourtant, distincte du concert des insectes et du grincement de nos chariots; c'est quelque chose comme une lente psalmodie humaine, à voix innombrables...Qui donc peut chanter ainsi dans ces ruines, et malgré les lourdeurs accablantes de midi?.....

______

(1) Angkor Thom.

Quand nous sommes au pied même des écrasantes masses de pierres sculptées, des terrasses, des escaliers, des tours qui pointent dans le ciel, nous rencontrons le village d'où montent ces prières chantées: parmi quelques hauts palmiers frêles, des maisonnettes sur pilotis, en bois et en nattes, très légères, avec d'élégantes petites fenêtres festonnées, qui se garnissent aussitôt de têtes curieuses, pour nous voir venir. Ce sont des personnages au crâne rasé, tous uniformément vêtus d'une robe couleur orange. Ils chantent à demi-voix et nous regardent sans interrompre leur litanie tranquille.

Pierre LOTI, *Un Pèlerin d'Angkor*, p 57-61.

Les deux cultes en honneur à l'époque d'Angkor.

A des époques imprécises, cette ville(1), depuis des siècles ensevelie, fut une des splendeurs du monde. De même que le vieux Nil, avec son limon seul, avait fait éclore dans sa vallée une civilisation merveilleuse, ici le Mékong, épandant chaque année ses eaux, avait déposé de la richesse et préparé l'empire fastueux des Khmers. C'est vraisemblablement à l'époque d'Alexandre le Macédonien qu'un peuple émigré de l'Inde vint s'implanter sur les bords de ce grand fleuve, après avoir subjugué les indigènes craintifs (des hommes à petits yeux, adorateurs du serpent). Les conquérants amenaient à leur suite les dieux du brahmanisme, les belles légendes du Râmâyana(2), et, à mesure que croissait leur opulence sur ce sol fertile, ils élevaient partout des temples gigantesques, ciselés de mille figures.

Plus tard - quelques siècles plus tard, on ne sait trop, car l'existence de ce peuple s'est beaucoup effacée de la mémoire des hommes- les puissants souverains d'Angkor virent arriver, de l'Occident, des missionnaires en robe jaune, porteurs de la lumière nouvelle dont s'émerveillait le monde asiatique : le Bouddha, devancier de son frère Jésus, venait d'éclairer l'Inde, et ses envoyés se répandaient vers l'Extrême-Asie, pour y prêcher cette même morale de pitié et d'amour que les disciples du Christ avaient récemment donnée à l'Europe. Alors les farouches temples de Brahma devinrent des temples bouddhiques; les statues de leurs autels changèrent d'attitude et baissèrent les yeux avec des sourires plus doux.

(1) Angkor Thom.
(2) Sur le *Râmayana*, v. plus loin, p. 11.

Il semble que, sous le bouddhisme, la ville d'Angkor connut l'apogée de sa gloire. Mais l'histoire de son rapide et mystérieux déclin n'a pas été écrite, et la forêt envahissante en garde le secret. Le petit Cambodge actuel, conservateur de rites compliqués au sens perdu, est un dernier débris de ce vaste empire des Khmers qui, depuis plus de cinq cents ans, a fini de s'éteindre sous le silence des arbres et des mousses.

Pierre Loti, Un Pèlerin d'Angkor,
p. 70-73.

Le figuier des ruines.

C'est le « figuier des ruines » qui règne aujourd'hui en maître sur Angkor. Au-dessus des palais, au-dessus des temples qu'il a patiemment désagrégés, partout il déploie en triomphe son pâle branchage lisse, aux mouchetures de serpent, et son large dôme de feuilles. Il n'était d'abord qu'une petite graine, semée par le vent sur une frise ou au sommet d'une tour. Mais, dès qu'il a pu germer, ses racines, comme des filaments ténus, se sont insinuées entre les pierres pour descendre, descendre, guidées par un instinct sûr vers le sol, et, quand enfin elles se sont gonflées de suc nourricier, jusqu'à devenir énormes, disjoignant, déséquilibrant tout, ouvrant du haut en bas les épaisses murailles ; alors, sans recours, l'édifice a été perdu.

La forêt, toujours la forêt, et toujours son ombre, son oppression souveraine. On la sent hostile, meurtrière, couvant de la fièvre et de la mort ; à la fin, on voudrait s'en évader, elle emprisonne, elle épouvante... Et puis, les rares oiseaux qui chantaient viennent de faire silence, et qu'est-ce que c'est que cette obscurité soudaine ? Il n'est pas l'heure cependant ; il doit y avoir autre chose que l'épaisseur des verdures, là-haut, pour rendre les sentiers si sombres. Ah ! un tambourinement général sur les feuillées, une averse diluvienne ! Au-dessus des arbres, nous n'avions pas vu que tout à coup le ciel devenait noir. L'eau ruisselle, se déverse à torrents sur nos têtes ; vite, réfugions-nous là-bas, près d'un grand Bouddha songeur, à l'abri de son toit de chaume.

Pierre Loti, Un Pèlerin d'Angkor,
p. 77-79.

Les bas-reliefs d'Angkor.

Pour éclairer le déploiement du bas-relief, qui ouvre toute la paroi intérieure de la galerie, des fenêtres de distance en distance ouvrent sur le bocage d'alentour, donnant une lumière atténuée que verdissent les feuillages et les palmes. Très somptueuses fenêtres d'ailleurs : elles s'encadrent de si délicates ciselures que l'on croirait des dentelles plaquées sur la pierre, et elles ont des barreaux annelés qui semblent des colonnettes de bois, précieusement travaillées au tour, mais qui sont en grès, comme le reste des murailles.

Ce bas-relief, qui prolonge sa mêlée de personnages sur une longueur d'un kilomètre, aux quatre faces du temple, s'inspirent de l'une des plus antiques épopées conçues par les hommes d'Asie, — ces Aryens nos ancêtres.

"Jadis, à l'âge appelé KUTA, vivaient les fils de KYACYAPA, qui étaient d'une force et d'une beauté surhumaines. Deux sœurs leur avaient donné le jour, DITI et ADITI. Mais les fils d'ADITI étaient dieux, tandis que les fils de DITI étaient démons.

"Un jour qu'ils s'étaient réunis en conseil pour chercher un moyen de se soustraire à la vieillesse et à la mort, ils décidèrent de cueillir toutes ces plantes des bois que l'on nomme des simples, de les jeter dans la mer de lait, et ensuite de baratter la mer ; il en résulterait un magique breuvage qui vaincrait la mort et les rendrait à jamais vigoureux et beaux.

"Ils firent donc une baratte avec une montagne, une corde avec le grand serpent sacré VASOUKI, et se mirent à baratter sans trêve.

"Bientôt, des eaux remuées, sortirent les Apsaras, danseuses et courtisanes célestes qui étaient d'une incomparable beauté. Elles devinrent les femmes des demi-dieux Gandharwas et donnèrent naissance à la race des singes.

"Ensuite sortit en personne la belle VAROUNI, fille de l'Océan, que les fils d'ADITI prirent pour épouse. Enfin, à la surface de la mer, on vit se former le breuvage merveilleux qui devait triompher la mort. Mais, pour le posséder, une guerre d'extermination commença entre les fils de DITI et les fils d'ADITI. Et les fils d'ADITI furent les vainqueurs."

Tel est le thème résumé du Râmâyana, cette légende ancestrale venue jusqu'à nous grâce au pieux Valmiki, saint ermite de la montagne qui a pris soin, dans la nuit des temps, de la transcrire et de la fixer en un poème de vingt cinq mille distiques.

Le barattement de la mer de lait occupe à lui seul un panneau de plus de cinquante mètres de long. Viennent ensuite les batailles des démons et des dieux, ou celles des singes contre les mauvais esprits de l'île de Ceylan qui avaient enlevé à Rama la belle SITA son épouse.

Tous ces tableaux, qui jadis étaient peints et dorés, ont pris, sous les suintements de l'humidité éternelle, une triste couleur noirâtre avec, par places, des luisances de chose mouillée. En outre, jusqu'à portée humaine, le bas-relief (qui a cinq mètres de haut) est usé par le frottement séculaire des doigts; — car, aux époques de pèlerinage, toute la multitude se fait un devoir de le toucher. Çà et là, dans les parties qu'éclairent les belles fenêtres aux colonnes torses, on voit encore des traces de coloriage sur les vêtements ou les figures; et, parfois aux tiares des Apsaras, un peu d'or épargné par le temps continue de briller.

Pierre LOTI, *Un Pèlerin d'Angkor*,
p. 100-105.

Le temple d'Angkor.

Ce temple est un des lieux du monde où les hommes ont entassé le plus de pierres, accumulé le plus de sculptures, d'ornements, de rinceaux, de fleurs et de visages. Ce n'est pas simple comme les belles lignes de Thèbes ou de Baalbeck. C'est déroutant de complication aussi bien que d'énormité. Des monstres gardent tous les perrons, toutes les entrées; les divines Apsaras, en groupes répétés indéfiniment, se montrent partout entre les lianes retombantes. Et, à première vue, rien ne se démêle; on ne perçoit que désordre et profusion dans cette colline de blocs ciselés, au faîte de laquelle ont jailli les grandes tours.

Mais, dès que l'on observe un peu, une symétrie parfaite s'affirme au contraire du haut en bas. La colline de sculptures forme une pyramide carrée, à trois gradins, dont la base a plus d'un kilomètre de pourtour, et c'est sur le troisième de ces gradins, tout en haut, que se trouve sans doute le lieu saint par excellence. Il faut donc monter-je m'y attendais-monter, par des marches roides et déjetées,

entre les Apsaras souriantes, les lions accroupis, les serpents
sacrés étalant commè un éventail leurs sept têtes, et les
verdures languides qu'aucun souffle en ce moment ne remue,
monter en hâte, pour avoir le temps d'arriver avant que
l'ondée commence. En venant ici, ce matin, j'avais prévu
que cette ascension se ferait sous le ciel bleu, avec des
souffles d'air agitant les branches, avec partout des bruits
d'oiseaux, d'insectes ou de reptiles en fuite devant mes
pas. Mais ces mornes immobilités m'intimident : je n'étais
pas préparé à ce silence d'attente, ni à ce ciel noir...
Non, mon arrivée n'éveille aucun mouvement, aucun bruit,
et même je ne perçois plus qu'à peine, au lointain, le
chant de ces bonzes qui psalmodient sans trève aux pieds
du temple.

Cependant me voici sur la première des trois plates-
formes. Et là se dresse devant moi le second étage, d'une
hauteur double de celle du premier, m'offrant des escaliers
plus abrupts, plus gardés par des sourires ou des rictus
de pierre. Il est entouré sur ses quatre faces d'une galerie
voûtée, sorte de cloître immense et pompeusement superbe,
avec cet excès de ciselures, ses portiques trop couronnés
d'étranges frontons, avec ces fenêtres trop étroites dont
les barreaux de grès, déjà trop massifs, se rapprochent
comme pour mieux vous emprisonner. Délabrement extrême partout. A l'intérieur, décoration plus simple que
dans les couloirs d'en bas ; il y fait humide, sombre, et
on y sent une intolérable odeur de chauve-souris : elles
garnissent la voûte, ces dormeuses suspendues ! ... A cette
hauteur, on n'entend plus rien de la litanie des bonzes,
et le silence est si profond que l'on ose à peine marcher.

Seconde plate-forme entourée comme la première de son
cloître aux façades aussi ouvragées que les plus patientes
broderies. Là, on aurait le droit de se croire presque arrivé ;
mais voici que le troisième étage surgit, d'une hauteur
double de celle du second, et le monumental escalier qui
y mène, avec ses marches usées où l'herbe pousse, est
roide à donner le vertige ; les dieux sans doute veulent
se faire plus inaccessibles à mesure que l'on essaie de
s'en rapprocher. Vraiment on dirait que le temple grandit,
s'allonge, s'étire vers le ciel obscur, et c'est un peu comme dans ces rêves fatigants où l'on s'acharne vers un
but qui s'enfuit...Il doit y en avoir quatre, de ces escaliers
que les Apsaras surveillent, un sur chacune des faces de
l'énorme piédestal ; mais je n'ai pas le temps de choisir
le meilleur, car l'ombre des nuages s'épaissit toujours et
l'ondée est proche. Je monte, en courant presque, et la

forêt, la forêt souveraine, semble monter en même temps que moi ; elle commence à déployer de toutes parts son cercle à l'horizon comme une mer.

Troisième plate-forme carrée, ayant de même son cloître de bordure, aux façades ciselées plus magnifiquement encore. En haut-relief sur les murailles, toujours les Apsaras qui se tiennent par groupes, m'accueillant avec des sourires de moquerie discrète, les yeux à demi clos. A cet étage supérieur, où j'atteins la base des grandes tours et les portes mêmes du sanctuaire, je dois être à plus de trente mètres au-dessus des plaines. Maintenant l'illusion se fait inverse : il me semblerait plutôt que c'est le temple qui vient de s'affaisser dans la forêt ; à le voir d'ici, on le dirait submergé, noyé au milieu de la verdure ; au-dessous de moi, trois assises graduées de cloîtres, des portiques à haute couronne, des voûtes somptueuses, à peine infléchies par les siècles, ont comme plongé dans les arbres, dans la muette étendue des arbres dont les cimes, au loin et à perte de vue, simulent des ondulations de houle...

Pierre Loti, Un pèlerin d'Angkor, p. 109-115.

Dans la futaie profonde.

Le soleil surgit à peine quand nous sortons du bocage enclos pour nous enfoncer, au trot de nos bœufs, dans la futaie profonde. Tout de suite l'ombre verte s'étend sur nos têtes et il se fait autour de nous un grand tapage d'oiseaux ou d'insectes en délire de joie matinale. Le long du sentier, au-dessus des impénétrables fourrés pleins de fougères, de cycas, d'orchidées, les arbres s'élancent gigantesques...

Il fait déjà intolérablement chaud, d'une chaleur humide et malsaine, saturée des exhalaisons de la terre grasse et des plantes fougueuses. Dans les rais de soleil qui çà et là traversent les feuillées, on voit des insectes danser en rond, et leurs petits corps à reflets de métal jettent des feux. Les moustiques, porteurs de la fièvre, tourbillonnent partout, en nuages de fine poussière. Des papillons, au corps trop léger pour leurs longues ailes de soie, volent à la dérive, comme s'ils étaient le jouet du moindre souffle, puis vont s'abattre sur quelque singulière fleur d'ombre, aux nuances pâlies. Et tant d'oiseaux, qui s'enfuient devant nous, semblent des fusées bleues ou rouges, que nous lancerions au passage dans cette demi-obscurité de dessous bois.

Pierre LOTI, *Un Pèlerin d'Angkor*, p. 149-151.

Les tours à quatre visages.

Avant de m'éloigner, je lève la tête vers ces tours qui me surplombent, noyées de verdure, — et je frémis tout à coup d'une peur inconnue en apercevant un grand sourire figé qui tombe d'en haut sur moi,...et puis un autre sourire encore, là-bas sur un autre pan de muraille,... et puis trois, et puis cinq, et puis dix; il y en a partout, et j'étais surveillé de toutes parts... Les « *Tours à quatre visages!* » Je les ai oubliées, bien qu'on m'en eût averti... Ils sont de proportions tellement surhumaines, ces masques sculptés en l'air, qu'il faut un moment pour les comprendre; ils sourient sous leurs grands nez plats et gardent les paupières mi-closes, avec je ne sais quelle féminité caduque; on dirait des vieilles dames discrètement narquoises. Images des dieux qu'adorèrent, dans les temps abolis, ces hommes dont on ne sait plus l'histoire; images auxquelles, depuis des siècles, ni le lent travail de la forêt, ni les lourdes pluies dissolvantes n'ont pu enlever l'expression, l'ironique bonhomie, plus inquiétante encore que le rictus des monstres de la Chine...

Pierre LOTI, *Un Pèlerin d'Angkor*, p. 81-83.

Les tours du groupe d'Angkor.

Ces tours, avec leurs formes trapues et leurs rangs superposés de couronnes, on pourrait les comparer, en silhouette, à de colossales pommes de pin, mises debout. C'était comme une végétation de pierre qui aurait jailli du sol, trop impétueuse et trop touffue: cinquante tours de taille différente qui s'étageaient, cinquante pommes de pin fantastiques, groupées en faisceau sur un socle grand comme une ville, accolées presque les unes aux autres et faisant cortège à une tour centrale plus géante, de soixante ou soixante-dix mètres, qui les dominait. la tête fleurie d'un lotus d'or. Et, du haut de l'air, ces quatre visages, qu'elles avaient chacune, regardaient aux quatre points cardinaux, regardaient partout, entre les pareilles paupières baissées, avec la même expression d'ironique pitié, le même sourire; ils affirmaient, ils répétaient d'une façon obsédante l'omniprésence du dieu d'Angkor. Des différents points de l'immense ville, on ne cessait de voir ces figures aériennes, les unes de face, les autres de profil ou de trois quarts, tantôt sombres sous les ciels bas chargés de pluie, tantôt ardentes comme du fer rouge quand se couchait le soleil torride, ou bien bleuâtres et spectrales par les nuits de lune, mais toujours là et toujours dominatrices. Aujourd'hui cependant leur règne a passé: dans la verdâtre pénombre où elles se désagrègent, il faut presque les chercher des yeux, et le temps approche où on ne les reconnaîtra même plus.

Pierre Loti (1), *Un Pèlerin d'Angkor*, p. 156-158.

(1) Rien n'est plus facile que de présenter au lecteur annamite un Pierre Loti séduisant : les faits et les textes s'offrent d'eux-mêmes pour la thèse. Rien n'est plus difficile que de le peindre tel qu'il était dans son fond. Or, c'est précisément ce que M. G. Lanson a su faire et cela non pas simplement grâce à une méthode strictement historique, mais grâce à sa pénétration suggestive qui fait comprendre les choses avant de les expliquer. « Pierre Loti, dit-il dans son *Histoire de la littérature française*, est un écrivain sensitif et subjectif à la façon de Chateaubriand. Il en a l'intensité d'impressions pittoresques, la profondeur de mélancolique désillusion ; mais Loti, au reste, est très personnel et tout moderne. Détaché de toute croyance religieuse, il n'essaie pas de colorer en sentiment chrétien son incurable pessimisme de sensuel mélancolique, il sent l'être, en lui, hors de lui, s'écouter incessamment dans les phénomènes et il poursuit la jouissance passagère de la sensation attachée aux apparences ; mais il savoure, dans le moment où il jouit, l'amertume de l'inévitable anéantissement de l'apparence hors de lui, de la sensation en lui. Sa carrière de marin lui a fourni le moyen de développer, d'achever son tempérament ; elle l'a promené par le monde, à travers toutes les formes de la nature et de la vie ; elle a rendu plus aiguës ses perceptions et ses mélancolies. Sa vocation littéraire est née de l'idée que le livre seul pouvait fixer dans une réalité durable quelques parcelles de ce moi et de ce monde toujours en fuite. Dans des œuvres sincères, en un style étrangement vibrant et intense, Loti a dit quelques-unes des impressions qu'il a recueillies en ses campagnes... il est un des grands peintres de notre littérature ; il se place à côté de Chateaubriand. Nulle psychologie, du reste, dans les bonshommes qui peuplent ses tableaux : quelques états de sensibilité, les siens, aspirations vagues et douloureuses, désirs de l'impossible, regrets de l'écoulé, nostalgies, désespérances, toutes les nuances enfin de cette disposition élémentaire qu'on peut appeler l'égoïsme sentimental.»

Le Tonlé Sap.

Il me fallut trois grandes journées de navigation pour traverser, dans son grand diamètre, la petite Méditerranée du Cambodge, vaste réservoir d'eau douce, et on pourrait dire de vie animale, tant les poissons abondent en son sein, tant les palmipèdes de toutes couleurs pullulent à sa surface.

A l'extrémité Nord du lac, des milliers de pélicans cinglent en troupes serrées dans toutes les directions, tantôt rentrant, tantôt allongeant leur cou pour saisir quelque proie ; des nuées de cormorans fendent l'air à quelques pieds au-dessus de l'eau : la teinte de leur sombre manteau tranche avec la couleur claire des pélicans, parmi lesquels ils se confondent, et surtout avec l'éclatante blancheur des aigrettes qui, groupées sur les branches des arbres de la rive, ressemblent à d'énormes boules de neige.

En entrant dans la rivière de Kun-Boréye, formée de plusieurs cours d'eau, dont l'un porte le nom de Battambang, le même spectacle se continue sur une scène plus resserrée ; partout c'est une animation extraordinaire de cette gent volatile et pêcheuse.

Henri Mouhot (1), Voyage..., p. 177-178.

(1) Alexandre Henri Mouhot naquit à Montbéliard (Doubs) le 15 mai 1826, d'une famille modeste. Ayant terminé ses études dans le collège de sa ville natale, il partit pour la Russie, où il demeura douze ans comme professeur et qu'il parcourut en tous sens. Revenu en France à la guerre de Crimée, il resta peu de temps auprès des siens. Tour à tour, il visita l'Allemagne, l'Italie, la Hollande et enfin l'Angleterre où les Sociétés de Géographie et de Zoologie de Londres lui donnèrent les moyens d'entreprendre une exploration dans les régions inconnues de l'Indochine. Arrivé au Siam en septembre 1858, il chercha à pénétrer dans le royaume du Cambodge. De Chantaboun, il se rendit à Oudong, puis à Pin-Halu, à Phnom Penh ; et remontant le Mékong en barque, il visita Ko-Sutin, Brelum, centre de la mission des Stiengs. De retour à Pin-Halu, il partit pour Angkor en compagnie du P. Sylvestre. Il y demeura trois semaines, leva le plan d'Angkor Vat, parcourut les ruines auxquelles il consacra des pages pleines d'enthousiasme. Après cette excursion, il revint au Siam, et, voyageur infatigable, il se mit de nouveau en route, cette fois pour explorer le Laos. Reçu par le roi laotien à Luang Prabang, il remonta la vallée du Nam-kan que la destinée avait désigné comme terme de son voyage. Atteint de la fièvre, il rendit le dernier soupir le 10 novembre 1861. Sa dépouille fut inhumée selon le rite européen par ses deux fidèles domestiques Phraï et Dong. Un monument a été élevé sur sa tombe en 1867 par la Mission scientifique commandée par Doudart de Lagrée. La relation de ses voyages, publiée d'abord dans le Tour du Monde, a paru en Angleterre en deux volumes in-8°. Les extraits que nous reproduisons ici sont tirés de l'édition parue à Paris, chez Hachette, en 1868, sous le titre de : Henri Mouhot, Voyage dans les royaumes de Siam, de Cambodge, de Laos et autres parties centrales de l'Indochine, relation extraite du journal et de la correspondance de l'auteur par Ferdinand de Lanoye. (Cf. J. Marquet, Revue Indochinoise, 1925, novembre-décembre).

Le Temple d'Angkor [1].

Peut-on s'imaginer tout ce que l'art architectural a peut-être jamais édifié de plus beau, transporté dans la profondeur de ces forêts, dans un des pays les plus reculés du monde, sauvage, inconnu, désert où les traces des animaux sauvages ont effacé celles de l'homme, où ne retentissent guère que le rugissement des tigres, le cri rauque des éléphants et le brame des cerfs.

Nous mîmes une journée entière à parcourir ces lieux, et nous marchions de merveille en merveille, dans un état d'extase toujours croissant.

Ah! que n'ai-je été doué de la plume d'un Chateaubriand ou d'un Lamartine, ou du pinceau d'un Claude Lorrain, pour faire connaître aux amis des arts combien sont belles et grandioses, ces ruines peut-être incomparables, seuls vestiges d'un peuple qui n'est plus et dont le nom même, comme celui des grands hommes, artistes et souverains qui l'ont illustré, restera probablement toujours enfoui sous la poussière et les décombres.

...Une chaussée traversant un large fossé revêtu d'un mur de soutènement très épais conduit à la colonnade, qui n'est qu'une entrée, mais une entrée digne du grand temple. De près, la beauté, le fini et la grandeur des détails l'emportent de beaucoup encore sur l'effet gracieux du tableau vu de loin et sur celui de ses lignes imposantes.

Au lieu d'une déception, à mesure que l'on approche, on éprouve une admiration et un plaisir plus profonds. Ce sont tout d'abord de belles et hautes colonnes carrées, tout d'une seule pièce; des portiques, des chapiteaux, des toits arrondis en coupoles; le tout construit en gros blocs admirablement polis, taillés et sculptés.

A la vue de ce temple, l'esprit se sent écrasé, l'imagination surpassée; on regarde, on admire, et, saisi de respect, on reste silencieux; car où trouver des paroles pour louer une œuvre architecturale qui n'a peut-être pas, qui n'a peut-être jamais eu son équivalent sur le globe?

---

(1) La première mention française des monuments d'Angkor date de l'année 1672. « Il y a, écrit le P. Chevreuil, un très ancien et très célèbre temple éloigné environ de huit journées de la peuplade où je demeure. Ce temple s'appelle *Onco* et est aussi fameux parmi les gentils que Saint-Pierre de Rome. » Après le P. Chevreuil, aucun auteur européen ne parle plus du « joyau d'Extrême-Orient », et c'est à Henri Mouhot que revient l'honneur de l'avoir découvert une seconde fois. (Cf. V. Goloubew, *Introduction a la connaissance d'Angkor*, Bulletin de l'Association des Amis de l'Orient, décembre 1922.)

L'or, les couleurs ont presque totalement disparu de l'édifice, il est vrai ; il n'y reste que des pierres ; mais que ces pierres parlent éloquemment ! Comme elles proclament haut le génie, la force et la patience, le talent, la richesse et la puissance des « Kmerdòm » ou Cambodgiens d'autrefois !

Qui nous dira le nom de ce Michel-Ange de l'Orient qui a conçu une pareille œuvre, en a coordonné toutes les parties avec l'art le plus admirable, en a surveillé l'exécution de la base au faîte, harmonisant l'infini et la variété des détails avec la grandeur de l'ensemble et qui, non content encore, a semblé chercher partout des difficultés pour avoir la gloire de les surmonter et de confondre l'entendement des générations à venir !

Par quelle force mécanique a-t-il soulevé ce nombre prodigieux de blocs énormes jusqu'aux parties les plus élevées de l'édifice après les avoir tirés de montagnes éloignées, les avoir polis et sculptés ?

Lorsqu'au soleil couchant, mon ami et moi, nous parcourions lentement la superbe chaussée qui joint la colonnade au temple, ou qu'assis en face du superbe monument principal, nous considérions, sans nous lasser jamais ni de les voir ni d'en parler, ces glorieux restes d'une civilisation qui n'est plus, nous éprouvions au plus haut degré cette sorte de vénération, de saint respect que l'on ressent auprès des hommes de grand génie ou en présence de leurs créations.

Henri Mouhot, Voyage..., p. 193-195.

Dans la forêt laotienne.

Il y a dans le repos de cette forêt, dans le calme de cette puissante nature tropicale, quelque chose d'une majesté indéfinissable qui à cette heure de la nuit (minuit) fait sur moi une impression profonde. Le ciel est serein, l'air frais ; les rayons de la lune ne pénètrent qu'à travers les branches et les feuilles des arbres, et n'éclairent çà et là que quelques coins du sol, qu'on dirait des lambeaux de papier dispersés par le vent ; pas le moindre souffle ne fait bruire les arbres, et rien ne troublerait ce silence imposant sans quelques feuilles mortes qui tombent de branche en branche avec un petit bruit sec, le murmure d'un ruisseau qui coule à mes pieds sur un lit de cailloux, quelques grenouilles qui se répondent de distance en distance, et dont le coassement ressemble à l'aboiement rauque d'un chien. De temps en temps, quelque oiseau de nuit, des chauves-souris, s'approchent, attirées par la flamme de la torche qui brûle attachée à une branche de l'arbre sous lequel j'ai étendu ma peau de tigre; puis, à de longs intervalles, retentit le cri plus ou moins rapproché d'une panthère qui appelle son mâle, et auquel répondent, par des grognements au sommet des arbres, des chimpanzés dont elles troublent le repos.

Henri Mouhot, Voyage..., p. 285.

Les Stiêngs.

Les Stiêngs ont toujours paru redoutables à leurs voisins, et la peur qu'ils inspirent a fait exagérer, dans l'Annam et le Cambodge, leur extrême adresse au tir de l'arbalète, ainsi que la malaria de leurs forêts. Le fait est que les fièvres y sévissent d'une manière terrible; beaucoup d'Annamites et de Cambodgiens y sont morts, et l'on m'assure que je suis l'unique étranger de tous ceux qui y ont pénétré jusqu'à présent, qui n'ai pas eu plus ou moins à en souffrir.

Le Stiêng aime l'ombre et la profondeur des bois; il vit pour ainsi dire avec les animaux sauvages; il ne trace aucun sentier, et il trouve plus court et plus facile de passer sous les arbres et les branches que de les couper. Du reste, s'il tient à son *pays du haut,* comme il l'appelle, il est peu attaché à son champ natal; car, pour peu qu'il ait un voisinage importun ou que l'un des siens vienne à mourir des fièvres dans le village, il lève son camp, met sa hotte sur le dos, y place pêle-mêle ses calebasses et ses enfants, et va s'établir ailleurs; le terrain ne manque pas, et la forêt se ressemble partout.

On pourrait dire que ces peuplades sont tout à fait indépendantes; cependant les Cambodgiens d'un côté, les Laotiens et les Annamites de l'autre, en tirent ce qu'ils peuvent et prélèvent arbitrairement sur les villages rapprochés d'eux un tribut qui se paie tous les trois ans, et consiste en cire et en riz...

Les Stiêngs travaillent le fer admirablement, ainsi que l'ivoire. Quelques tribus du Nord sont renommées, même dans l'Annam, pour la fabrication de leurs sabres et de leurs haches. Les vases dont ils se servent sont grossiers; mais ils les doivent à leur industrie, et leurs femmes tissent et teignent toutes les longues écharpes dont ils se couvrent.

Enfin, outre la culture du riz, du maïs et du tabac, ainsi que des légumes, comme les courges et les pastèques, etc., ils s'adonnent à celle des arbres fruitiers tels que bananiers, manguiers et orangers. Hormis quelques esclaves, chaque individu a son champ, toujours à une assez grande distance du village, et entretenu avec beaucoup de soin. C'est sur ce champ que, blotti dans une petite case élevée sur pilotis, il passe toute la saison des pluies, époque où le mauvais temps ainsi que les sangsues, qui, comme dans les forêts de Siam, pullulent ici d'une manière prodigieuse, l'empêchent de se livrer à la chasse et à la pêche.

Henri MOUHOT, Voyage..., p. 153-155.

Un rapide.

....Je vis bientôt ce qui formait le rapide. Après avoir longtemps couru presque exactement Nord et Sud la rive droite du fleuve s'infléchit brusquement à l'Est et vient présenter à l'eau une barrière perpendiculaire. En amont, sur l'autre rive, une pointe avancée renvoie dans ce coude toutes les eaux du fleuve qui la frappent et s'y réfléchissent, de sorte que leur masse entière vient s'engouffrer avec la rapidité et le bruit du tonnerre dans les quatre ou cinq canaux que forment les îles à base de grès qui se profilent le long de la rive droite. Irritées de la barrière soudaine qu'elles rencontrent, les vagues boueuses attaquent la berge avec furie, l'escaladent, entrent dans la forêt, écument de chaque arbre, de chaque roche, et ne laissent debout dans leur course furieuse que les plus grands arbres et les plus lourdes masses de pierre. Les débris s'amoncellent sur leur passage; la berge est nivelée, et, s'élevant au milieu d'une vaste mer d'une blancheur éclatante, pleine de tourbillons et d'épaves, quelques géants de la forêt, quelques roches noirâtres résistent encore, pendant que de hautes colonnes d'écume s'élèvent et retombent sans cesse sur leurs cimes.

C'était là que nous arrivions avec la rapidité de la flèche. Il était de la plus haute importance de ne pas être entraîné par les eaux dans la forêt, où nous nous serions brisés en mille pièces, et de contourner la pointe en suivant la partie la plus profonde du chenal. Nous y réussîmes en partie. Ce ne fut d'ailleurs pour moi qu'une vision, qu'un éclair. Le bruit était étourdissant, le spectacle fascinait le regard. Ces masses d'eau, tordues dans tous les sens, courant avec une vitesse que je ne puis estimer à moins de 10 ou 11 milles à l'heure et entraînant au milieu des roches et des arbres notre légère barque perdue et tournoyante dans leur écume, auraient donné le vertige à l'œil le moins troublé. Renaud eut le sang-froid et l'adresse de jeter, à mon signal, un coup de sonde qui accusa dix mètres; ce fut tout. Un instant après, nous frôlions un tronc d'arbre le long duquel l'eau rejaillissait à plusieurs mètres de hauteur. Mes bateliers, courbés sur leurs pagaies, pâles de frayeur, mais conservant un coup d'œil prompt et juste, réussirent à ne point s'y briser. Peu à peu la vitesse vertigineuse du courant diminua: nous entrâmes en eau plus calme; la rive se dessina de nouveau; mes bateliers essuyèrent la sueur qui ruisselait de leurs fronts. Nous accostâmes pour les laisser se reposer de leur émotion et des violents efforts qu'ils avaient dû faire. Je remontai à pied le long de la berge pour essayer de prendre quelques relèvements et compléter la trop sommaire notion que je venais d'avoir de cette partie du fleuve: si la profondeur de l'eau paraissait suffisante pour laisser passer un navire, la force du courant enlevait tout espoir que ce passage pût jamais être tenté; et le chenal, s'il existait, ne devait plus être cherché de ce côté, mais plus probablement au milieu des îles qui occupent la partie centrale du lit du fleuve.

Fra... GARNIER (1),
Voyage d'exploration en Indo-Chine, t. I, p. 168-169.
(Paris, Hachette, 1873)

---

(1) Francis Garnier, né à Saint-Etienne en 1839, entra à l'Ecole navale en 1855. Aspirant de 1re classe en 1859, il prit part à l'expédition de Chine, passa comme enseigne de vaisseau dans l'état-major du vice-amiral Charner, qui l'emmena à Saigon (1863), prit part à la première expédition de Cochinchine, fut nommé, en 1868, inspecteur des affaires indigènes à Cholon, où, s'appropriant peu à peu les dialectes des peuples avec lesquels il était journellement en contact, il prépara tous les éléments d'action les plus propres à favoriser l'accomplissement des vastes projets

Les Forêts d'Indochine.

Ces forêts sont désespérément belles et pleines d'harmonies étranges : au moindre souffle de brise, le bambou grince et se plaint comme un mât courbé par la tempête, la haute cime des dzaô rend un murmure vague et sourd qui se propage et se répète comme un long gémissement au travers de cet océan de feuillage. La brise cesse, le silence se rétablit ; soudain un bruit lointain se fait entendre sous les arceaux de la forêt, il se renouvelle toujours plus fort, grandit, approche : il est sur nous. On lève la tête : ce n'est qu'une feuille qui, détachée d'une haute branche, de chute en chute, arrive enfin jusqu'à terre, après nous avoir fait tressaillir à chacun de ses légers chocs. Quelquefois le cri sonore de l'éléphant retentit dans les profondeurs de la forêt dont tous les échos répondent à ce puissant appel ; un mélange indéfinissable de chants d'oiseaux et de bruits d'insectes lui succède, et la sauterelle cambodgienne domine ce vague accord de son éclatant refrain dont la note sèche et criarde s'affaiblit, lointaine, emportée dans son vol rapide. On prête l'oreille : c'est le sourd murmure du fleuve qui croît et décroît soudain ; non : c'est le bruit sourd et confus des berges de sable qui s'écroulent et que les eaux emportent dans leur cours. Le soleil est couché, la nuit est venue : on ne suit plus qu'à grand'peine le sentier tortueux qui serpente

d'exploration qui déjà germaient dans son esprit. (d'après L. Lanier, *l'Asie*, et A. Trève, *Revue maritime et coloniale*, avril-juin 1874). Il fut tué le 31 décembre 1873 devant Hanoi, dans une sortie contre les Pavillons Noirs. Voici le titre de ses ouvrages : *La Cochinchine française en 1864*, par G. Francis (Garnier). Paris, E. Dentu, 1864, 54 in-8°. — *De la colonisation de la Cochinchine*, par G. Francis (Garnier). Paris Challamel, 1865, 39 p. in-8°. — *Voyage d'exploration en Indo-Chine*, effectué pendant les années 1866, 1867, 1868 par une Commission française présidée par M. le Capitaine de frégate Doudart de Lagrée, et publié sous la direction de Francis Garnier, avec le concours de MM. Delaporte, Joubert et Thorel. Paris, Hachette, 1873, 2 vol. gr. in-4° et 2 atlas. — *Voyage d'exploration en Indo-Chine*, effectué par une Commission française présidée par le Capitaine de frégate Doudart de Lagrée. Relation empruntée au journal « Le Tour du Monde », revue et annotée par Léon Garnier. Paris, Hachette, 1885. — Geraerdt Wusthof, *Voyage inconnu des Hollandais du royaume du Cambodge au pays de Louwen*, annoté par Francis Garnier. (Bulletin de la Société de géographie de Paris, 1871. — *Chronique royale du Cambodge*, (traduite et annotée par) Francis Garnier (Journal asiatique, oct.-déc. 1871 et août-sept. 1872). — *Voyage dans la Chine centrale, vallée du Yang-tzu*, fait de mai à août 1873, par Francis Garnier. (Bulletin de la Société de géographie de Paris, janv. 1874). — *De Paris au Tibet. Notes de voyage.* Précédées d'une notice sur Francis Garnier. Paris, Hachette, 1887. — *Le siège de Paris. Journal d'un officier de marine.* Paris, Delagrave, (s. d).

sous les grands arbres : les troncs des ban-langs se dressent à chaque détour comme de blancs fantômes ; l'on songe en frémissant à l'ennemi toujours invisible, toujours présent de ces contrées, le tigre, dont l'heure est venue, et l'on revient, en pressant involontairement le pas, auprès du feu du campement.

Francis GARNIER, *Voyage d'exploration en Indo-Chine.*

Le bouddhisme au Laos et au Siam.

... Une morale extrêmement pure, empreinte d'une profonde mansuétude et d'une immense charité, qui de l'homme s'étend à tous les êtres vivants, caractérise les préceptes du bouddhisme. C'est à l'élévation, à l'austérité forte et saine de ses enseignements, et non à la prétendue insalubrité du climat, qu'il faut attribuer la résistance que rencontrent les Missions catholiques ou protestantes au Siam et au Laos, où cette doctrine s'est conservée plus pure et plus fervente qu'ailleurs.

Si l'on oublie l'écrasant régime que le Siam fait peser sur le pays, aucune région n'offre des apparences aussi calmes, aussi riantes, aussi heureuses, que celle dont je viens d'esquisser rapidement la situation politique, matérielle et morale. Une riche et luxuriante nature semble inspirer les mœurs les plus douces et les plus paisibles ; nulle passion turbulente ou cruelle ne trouble la rêveuse nonchalance des habitants ; ces charmants paysages, que caresse de ses plus beaux rayons le soleil des tropiques, respirent partout une tranquillité, une innocence singulières. Toutes les rumeurs, tout le fracas du monde civilisé, viennent s'éteindre et mourir aux portes de cette contrée dont rien ne réussit à troubler le profond silence, et le souvenir qu'on en garde, une fois qu'on est rentré dans l'agitation du dehors, paraît si étrange, si lointain, qu'il semble correspondre à une autre planète, appartenir à une autre existence, et qu'il fait involontairement songer à la métempsycose.

Francis GARNIER, *Voyage d'exploration en Indo-Chine,* édition de 1885, p. 120.

Le plateau de Bassac.

Nous étions altérés et affamés : les provisions furent retirées des gibecières, étendues devant nous, et, après nous être convenablement restaurés, nous nous mîmes en devoir de gravir l'obstacle qui nous barrait le chemin. Sur la droite, la muraille s'était affaissée sur elle-même et brisée en blocs énormes qui en facilitaient l'escalade. En moins d'un quart d'heure nous arrivions au sommet de ce premier gradin. Nous nous trouvions au milieu d'une clairière, sur les bords d'un ruisseau qui, un peu plus loin, se répand le long de l'arête vive du rocher et alimente les chutes d'eau que nous avions rencontrées. Un gazon épais formait tout autour de nous un tapis moelleux, mais extraordinairement foulé et qui avait été récemment le lit de repos de quelque bête sauvage. De là rien ne limitait le regard du côté du Sud et nous jouissions d'un coup d'œil magnifique : nous dominions complètement la forêt que nous avions eu tant de peine à traverser, et Bassac, et le fleuve dans son lointain parcours, et les grandes îles qui l'émaillent, se déroulaient au delà du sombre rideau de verdure étendu à nos pieds. A cette distance les maisons et les rizières se dessinaient avec une netteté d'autant plus surprenante que la nuance plus claire de la plaine contribuait à nous les montrer dans un éloignement plus grand. A notre droite, au contraire, le pic de Bassac et ses hauts contreforts nous apparaissaient avec un si puissant relief, qu'il semblait que nous n'eussions qu'à étendre le bras pour les toucher. Tout ce paysage était baigné de l'éclatante lumière spéciale aux pays chauds et qui moirait de reflets d'argent doré le long ruban du fleuve. La vue de cette admirable perspective, dont quelques parties nous étaient encore masquées par les ondulations inférieures de la montagne, nous encouragea à continuer notre ascension. Nous quittâmes l'étroite clairière pour remonter le lit du ruisseau qui était incliné à 45°. Après une marche longue et pénible, nous aboutîmes à une seconde muraille, plus haute que la première et complètement à pic. L'eau suintait en filets imperceptibles sur chaque point de la surface rocheuse. Au-dessus de nos têtes, nous apercevions suspendus, à une grande hauteur, quelques arbres gigantesques surplombant légèrement du plateau supérieur. Il nous sembla que là devait être l'arête culminante de la montagne. Nous examinâmes le rocher de tous les côtés : nulle part il ne s'inclinait de façon à en rendre l'accès possible. Mais, sur la gauche, une étroite crevasse, presque verticale, partageait en deux cette énorme masse de pierre. De nombreuses plantes, quelques arbustes croissaient le long des parois de cette haute fente, et pouvaient fournir des points d'appui suffisants.

Francis GARNIER, *Voyage d'exploration en Indo-Chine*, éd. de 1885, p. 123-124.

Traversée du plateau de Sourèn (Cambodge).

Les bords du plateau étaient presque à pic. La muraille de grès qui les soutenait présentait une série de rampes irrégulièrement tracées en zigzag, à pente très inégale et très raide, où l'on distinguait les traces du passage des hommes et des chars. J'étais en présence de la difficulté que l'on m'avait signalée, et je compris alors la nécessité d'un grand nombre de bras. Il fallait décharger nos chariots, les démonter et les transporter pièce à pièce au bas du plateau. Retourner en arrière ou attendre des secours nous eût fait perdre un temps précieux. Je donnai l'exemple, et tous les cinq, nous nous mîmes résolument à l'œuvre. Au-dessous de nous, à mi-hauteur environ, un rocher en saillie formait une plate-forme de 8 à 10 mètres carrés de surface. Nous commençâmes par y conduire nos bêtes de somme, qui, une fois dételées, avaient fait mine de vouloir regagner leur village. Nos légers bagages les suivirent bientôt ; le transport des chars fut beaucoup plus long et beaucoup plus fatigant.

Il était midi : le soleil dardait à pic sur nos têtes ; aucune ombre ne nous protégeait ; les rochers, que nous gravissions et que nous descendions sans cesse, nous brûlaient les pieds et les mains ; une soif ardente nous dévorait tous. Autour de nous, tout était aride. Le dernier ruisseau franchi était à plusieurs lieues de distance, encore n'était-il point facile d'en retrouver la route, au milieu des nombreux sentiers qui se croisaient dans la forêt. Il nous fut bientôt impossible de continuer notre travail ; nos gorges saignaient, nos voix devenaient rauques. Je n'eusse jamais cru que la soif pût devenir une souffrance aussi vive. Les hommes se couchèrent découragés. Le plus profond silence régnait autour de nous. Seul j'essayai de chercher encore : les bords du plateau se dentelaient sur nos droites en plusieurs gorges au fond desquelles croissaient quelques arbres ; il pouvait y avoir là dans le roc des cavités assez profondes pour conserver un peu d'eau provenant des pluies ou des suintements qui alimentent les ruisseaux de la plaine inférieure. Je trouvai en effet plusieurs lits de petits torrents; ils étaient tous à sec. Je commençais à perdre tout espoir et j'avais comme un nuage devant les yeux. Tout à coup des buissons d'un aspect vigoureux et d'une verdure fraîche attirèrent au-dessous de moi mes regards; je me laissai glisser le long d'un rocher poli par la chute des pluies de la saison dernière : à mes pieds était un bassin rempli d'une eau claire et chaude. J'eus comme un éblouissement de joie. Je me jetai à plat ventre et je me mis à boire : il y avait de quoi désaltérer largement tout le monde. Je reconnus bientôt qu'un sentier moins à pic que la route que j'avais prise conduisait à cet abreuvoir naturel. Je retrouvai des poumons pour signaler ma découverte, et, au bout de quelques minutes, hommes et bêtes furent réconfortés.

Francis GARNIER, *Voyage d'exploration en Indo-Chine*, éd. de 1885, p. 178-179.

La plaine de Siemréap.

...Au sortir d'un petit bois taillis qui s'étend à l'Ouest du mont Bakheng, je débouchais dans la plaine où s'élève la citadelle de Siemréap. C'était le moment de la moisson. Rien de plus riant et de plus animé que le paysage de cette plaine offre alors au voyageur. Toute la campagne a revêtu une teinte dorée. De nombreux troupeaux de bœufs et de buffles, au milieu desquels folâtrent les nouveau-nés de la saison, diaprent les rizières de taches rouges et noires d'où s'échappe un sourd murmure de grelots. Colosse isolé qui domine toute la création vivante, l'éléphant secoue lentement avec sa trompe la gerbe de riz qu'il vient de glaner sur le champ récolté. Dans le chemin creux qui serpente sur la plaine, passe parfois avec un bruit étourdissant de clochettes une légère voiture à bœufs qui, pour un instant, voile le paysage d'un épais nuage de poussière. Les lourds et lents chars à buffles se croisent partout, apportant au village le riz qui va être emmagasiné dans les huttes en bambou lutées de terre glaise, d'où on le retirera au fur et à mesure des besoins. Sur les aires nombreuses disséminées dans les champs, des attelages de buffles piétinent les gerbes et, après un long et monotone travail, séparent le grain de l'épi. Bordure ravissante de grâce et de fraîcheur, une longue ligne d'arbres à fruits encadre tout ce tableau et cache les toits de chaume éparpillés sous leur ombre. La végétation des tropiques offre seule une pareille variété de nuances et de forme; les cimes mobiles des bambous se jouent le long des troncs élancés des palmiers; parmi ces derniers, le borassus élève jusqu'aux nues sa raide collerette de feuillage et semble de sa colonne robuste soutenir un édifice de verdure. Le cocotier échevelé ses longs et tremblants rameaux sur le large faîte du tamarinier; l'aréquier svelte se fait jour à travers l'épais feuillage des manguiers, et sa forme aérienne contraste avec le massif échafaudage du banian qui s'étale à côté. Autour des cases, le papayer balance son léger parasol, et un rideau bas et continu de bananiers masque les troncs des pamplemoussiers, des orangers et des jaquiers. La ligne sombre des créneaux de la forteresse de Siemréap vient se profiler sur ce fond riant. Que le regard ne s'arrête pas trop sur les remparts: il pourrait y découvrir quelque tête humaine, desséchée au soleil et tristement balancée à l'extrémité d'un bambou. Le soir arrive; le soleil s'abaisse derrière le rideau d'arbres qui cachent la rivière, et ses rayons décomposés, mêlant la pourpre à l'émeraude, se tamisent au travers du feuillage. Les troupeaux rentrent dans les parcs, et les beuglements sonores des taureaux sont coupés par les cris brefs et plaintifs des buffles. Le silence et le calme se font peu à peu; on n'entend plus qu'une note monotone et douce, celle que la brise du soir fait rendre aux cerfs-volants captifs planant dans les airs et auxquels les habitants, qui les lancent chaque année dans cette saison, attachent de superstitieux présages. Quelques lumières s'allument dans les cases groupées sur la rive droite de la rivière, à peu de distance de la citadelle, dans l'intérieur de laquelle le bruit du gong et du tam-tam, successivement répété par tous les corps de garde, marque, à de réguliers intervalles, les veilles de la nuit.

Francis GARNIER, *Voyage d'exploration en Indo-Chine*, éd. de 1885, p. 184-186.

Les fêtes de la lune au Laos.

Les fleurs étaient depuis quelques jours un objet recherché; les fêtes de la lune étaient plus suivies: on avait hâte de se réjouir une dernière fois avant que les pluies vinssent rendre les communications difficiles, ralentir la circulation et claquemurer chacun chez soi. Dans l'intervalle des grains orageux qui s'élevaient régulièrement dans l'après-midi, la température était réellement accablante et dépassait 37 degrés; aussi les habitants de la ville profitaient-ils avec empressement de la fraîcheur relative que ramenait, après l'averse quotidienne, l'apparition de la lune sur l'horizon; la vue se reposait alors de l'éclatante lumière que le soleil, à ce moment presque au zénith, avait déversée pendant douze heures sur la ville. On jouissait avec délices du paysage tropical dans ces rues ombragées de palmiers auxquelles la blanche clarté de la lune donnait un doux et charmant aspect. Pendant une partie de la nuit, la population presque toute entière restait sur pied: les vieillards, assis devant leurs portes, échangeaient leurs souvenirs ou supputaient les espérances de la récolte prochaine; les jeunes gens couronnés de fleurs, se promenaient en chantant, et formaient des théories dont les figures ne manquaient ni de grâce ni d'originalité.

Francis GARNIER, *Voyage d'exploration en Indo-Chine*, éd. de 1885, p. 314.

Les grottes de Pak Hou.

Nous arrivâmes le soir au confluent du Nam Hou, rivière dont le commandant de Lagrée avait songé un instant à remonter le cours. Vis-à-vis de son embouchure s'élèvent, sur la rive droite du fleuve, de hautes falaises à pic, dans le flanc desquelles s'ouvre une grotte plus profonde encore que la précédente, et que les indigènes ont transformée en sanctuaire. Nous y montâmes à l'aide d'un escalier pratiqué dans le roc. Les déchirures du rocher forment, au bas de la gigantesque et irrégulière ouverture de la grotte, une sorte de balcon dont la main de l'homme a complété et régularisé les piliers et la rampe. De là le coup d'œil que présente le fleuve est imposant. Ce ne sont plus ces perspectives infinies où le bleu des eaux et le bleu du ciel se fondent ensemble sous une éclatante lumière; où de lointaines lignes de palmiers et de cases, à demi cachées sous leur ombre, arrêtent seules les contours d'un paysage à la fois monotone et immense. Ici, le fleuve n'atteint pas 300 mètres de large; son cours sinueux est borné de toute part par des murailles rocheuses, que surmontent les bizarres dentelures des montagnes du second plan. A une dizaine de mètres au-dessous du spectateur, les eaux, déjà boueuses et toujours rapides, baignent le pied de l'escalier qui conduit au balcon, et repoussent contre le rocher la barque légère qui nous attend. C'est une admirable tribune pour assister aux courses de pirogues, si fréquentes au Laos, ou pour jouir des illuminations à l'aide desquelles les indigènes savent rehausser l'éclat de leurs nuits tropicales. A quelque distance de là, les eaux noires et calmes du Nam Hou se mélangent aux eaux jaunâtres du Cambodge, et la ligne de démarcation qui les sépare s'éloigne ou se rapproche de l'embouchure de la rivière, suivant le rapport variable de la vitesse des deux courants. Vis-à-vis de nous, sur la rive gauche, un banc de sable tranche, par sa teinte dorée, sur la couleur sombre des roches avoisinantes, derrière lesquelles le soleil a déjà disparu et dont les cimes s'enlèvent noires sur un ciel rouge.

Francis GARNIER, *Voyage d'exploration en Indo-Chine*, éd. de 1885, p. 325-327

Le Tonlé Sap.

Nous étions au mois de juin, les pluies commençaient à peine à tomber régulièrement chaque jour, et les eaux jaunes du lac étaient peu profondes. Les passes de cet immense réservoir, qui, d'après des traditions fort obscures, n'aurait pas toujours existé, sont étroites et s'obstruent sensiblement chaque année. A l'entrée, sur la gauche, une chaîne de montagnes court dans la direction de Pursat. Les nuages couronnent les hauteurs, et le soleil, qui lutte contre eux sans pouvoir les traverser, leur donne une teinte blanchâtre et transparente. Nous rencontrons çà et là quelques barques de pêcheurs attardés. De rares villages sont dispersés sur les rives, d'autres s'avancent au-dessus

de l'eau, et les frêles poteaux qui supportent les cases se
penchent sous l'effort des vagues sans que les habitants en
paraissent effrayés. Ce sont des Annamites, et, comme le
buffle, leur fidèle serviteur, si la terre venait à manquer, ils
s'arrangeraient de la vase et de l'eau. Bientôt le vent se lève, il
souffle avec violence, creusant des sillons profonds. La terre
n'est plus sur notre droite qu'une ligne bleuâtre s'élevant
à peine au-dessus des flots; à gauche, nous avons un horizon sans limite.

Louis de CARNÉ [1], *Voyage en
Indo-Chine*, p. 55.
(Paris, Dentu, 1872.)

Angkor Thom.

Quant à la ville elle-même, Angcorthôm, Angcor la
grande, les murailles seules en sont intactes. Elles sont
larges de près de 3 mètres; les fortes assises, en pierres
de taille posées l'une sur l'autre sans chaux ni ciment,
défient les siècles, et résistent aux assauts plus redoutables encore d'une végétation vigoureuse. Des chaussées
jetées sur de larges fossés conduisent aux portes de la
ville, gardées par cinquante géants de pierre, sentinelles
énormes et grimaçantes reliées l'une à l'autre par les replis d'un serpent monstrueux qui s'épuise en efforts im-
puissants pour échapper à leur étreinte. La porte par laquelle

---

(1) Louis-Marie de Carné naquit en 1843 d'une noble famille de Bretagne. Son droit
terminé, il fut admis en 1863 au Ministère des Affaires étrangères, où il se consacra aux études de colonisation et d'ethnographie. Deux ans plus tard, il fut attaché
à la mission scientifique chargée d'explorer le Mékong (v. p. 539, note). Arrivé à Saigon
à la fin de l'année 1865, il visita d'abord les trois provinces de Cochinchine appartenant
aux Français, puis se rendit au Cambodge. La mission commandée par Doudart de
Largée fit route en juin 1866, remonta le Mékong et parvint au Yunnan en janvier
1868. Ainsi, après avoir visité le Cambodge et le Laos, de Carné demeura quelque
temps dans les provinces du Yunnan et dans la région arrosée par le Fleuve Bleu.
Rentré en France à la fin de 1868, le jeune voyageur adressa à son département
un rapport étendu sur la mission et publia dans la *Revue des Deux Mondes*
plusieurs de ses notes de voyage. Fatigué par sa pénible exploration, il revint en 1870
dans son pays natal pour ne plus le quitter.
Son père le Comte Louis Marcein de Carné a édité en 1872 son *Voyage en
Indo-Chine et dans l'empire chinois*, qui est l'histoire de cette exploration et
dont nous extrayons quelques passages concernant le Cambodge et le Laos. Louis de
Carné mourut au Percannou en 1871.

nous pénétrâmes à l'intérieur de l'antique cité forme une voûte de 6 mètres de profondeur, et c'est avec raison que M. Mouhot l'appelle un arc de triomphe. Des têtes d'éléphant en décorent le sommet, et les trompes, déployées verticalement comme des fines colonnes, s'appuient sur une gerbe de larges feuilles.

La tristesse l'emporte encore sur l'étonnement quand, après avoir franchi cette magnifique barrière, on tombe dans l'épaisse forêt qui remplit la vaste enceinte enserrée par d'aussi fières murailles. Il faut passer à travers d'inextricables fourrés pour arriver jusqu'aux ruines des rares édifices dont on retrouve encore des vestiges, recourir à la boussole pour ne pas s'égarer dans ces solitudes, peuplées seulement d'animaux sauvages, qui s'appellent et se répondent avec des cris rauques que l'écho prolonge et qui semblent des gémissements.

Louis de CARNÉ, Voyage en
Indo-Chine, p. 61-62.

Impressions d'Angkor.

En face de ces grands débris du passé, on est frappé d'admiration ; mais l'émotion fait défaut, et la jouissance n'est pas complète. Les restes d'un monastère écroulé au sein d'une forêt d'Allemagne, les murs lézardés du château désert qui abritait le baron féodal, remuent plus profondément. Des hommes de notre race ont pensé derrière ces murailles, ont combattu derrière ces créneaux ; nous pouvons reconstituer leur vie, suivre les larges traces de leurs pas. Ici, en ce point de l'Extrême-Orient, tout est mort, jusqu'au souvenir de cette brillante théocratie, mère d'une civilisation matérielle certainement poussée fort loin, mais qui n'a pas connu d'âge viril. Les efforts de la science, qui nous ramène peu à peu vers notre origine et nous montre des frères dans les premières castes de l'Inde, intéressent l'esprit plus qu'ils ne touchent le cœur ; la séparation remonte trop loin, et ces sépulcres nous semblent trop beaux pour la race qui y est ensevelie.

Louis de CARNÉ, Voyage en
Indo-Chine, p. 64.

L'île de Khon.

L'île de Khon est peuplée d'agriculteurs. Les rizières paraissaient bien entretenues, et nous assistions au repiquage du riz. Les femmes du pays, courbées des journées entières sur les sillons fangeux, se livraient à cette opération. Les autorités nous firent prier de ne point chasser dans l'île et de ne pas battre le gong, parce que tout bruit insolite avait infailliblement pour résultat d'amener le tigre à dévorer dans l'année nombre d'habitants. A l'endroit où débouchent un certain nombre de bras du fleuve, la vue gagne en étendue comme au rond-point d'une forêt bien percée. La nappe d'eau est immense, unie comme un lac ; on dirait que le Mékong se recueille avant les grands désordres qui l'attendent plus bas. Des montagnes bien découpées forment l'arrière-plan du tableau, tandis que plus près de nous le regard s'arrête sur un arbre bizarre qui semble sortir de l'eau et figure, grâce à l'épais manteau de verdure qui le recouvre, un vieux pan de mur en ruine maintenu debout par les vivaces embrassements des lianes.

Louis de CARNÉ, *Voyage en Indo-Chine*, p. 81.

Un orage sur le fleuve.

Des orages troublaient parfois l'implacable sérénité du ciel. Ils arrachaient la nature de son cercueil de plomb ; c'étaient comme de magnifiques explosions de vie dont nous prenions notre part. Une nuit, il m'en souvient, j'écoutais avec ravissement le fracas du tonnerre, l'illumination des éclairs me causait une intime et inexprimable jouissance ; mais le vent souleva le fleuve, et nos barques, rudement heurtées contre la rive, s'emplirent en un moment. Les Laotiens se mirent à vider l'eau sans relâche, et à nous éponger le mieux possible avec la sollicitude de vieilles bonnes. Ces braves gens nous entouraient de soins, soit à cause de leur responsabilité, soit par bienveillance native, et, pour ces deux motifs probablement, accoutumés qu'ils sont à épargner tout ennui au personnage qui leur est confié.

Louis de CARNÉ, *Voyage en Indo-Chine*, p. 158.

Un incendie.

Près de la résidence du gouverneur de Lakhon, un quartier considérable du village venait de brûler. Les feuilles des arbres étaient roussies, les troncs calcinés. La physionomie des hauts palmiers avait surtout quelque chose de lamentable. Cette grande trouée faite par l'incendie au milieu des fleurs et de la verdure m'inspira d'abord une sorte de tristesse. On eût dit que l'hiver venait tout à coup de sévir sur une partie d'un bocage, laissant à l'autre partie ses ombrages et ses mystères. Ce sentiment ne dura pas. Le quartier détruit était devenu un vaste chantier. Il y régnait une activité joyeuse; des bandes d'enfants, jouissant du mouvement inusité qui se faisait autour d'eux, augmentaient le bruit. Dans un village de France, un pareil événement serait un irréparable désastre. Au Laos, avec les facilités de la vie, on paraît s'en apercevoir à peine. Plus loin, des cases neuves se construisaient en grand nombre, mais par les soins d'émigrés annamites, qui fraternisèrent, cela va de soi, avec notre escorte.

Louis de CARNÉ, *Voyage en Indo-Chine*, p. 165-166.

Une pagode à Nong-Coï (Laos).

Derrière le village s'étend une plaine immense où des palmiers ont poussé au hasard. Ces arbres ont une physionomie toute particulière, plus poétique et plus orientale que le gracieux aréquier ou le cocotier un peu lourd. Ils ont peine à porter leur tête, et leur tronc est souvent penché. Le vent fait crépiter leurs feuilles comme du parchemin que l'on froisserait. Dans cette plaine est bâtie la pagode principale, à laquelle conduit une longue chaussée de bois. C'est jour de fête, la foule inonde les abords et les portiques. Les pantalons bleus des Chinois se mêlent aux langoutis bigarrés et aux écharpes multicolores des Laotiens. Fidèles et curieux se pressent dans le préau et dans l'enceinte trop étroite du sanctuaire, où des bonzes lisent des prières. Autour d'eux, disposées avec un certain goût, des offrandes décorent le temple et ouvrent l'appétit. Des tentures écarlates pendent aux colonnes. Dans l'ombre ardente, au milieu des fleurs et des parfums, les jeunes filles ont l'œil agaçant, et leur sourire donne le vertige. Chacun cause, fume, ou rit bruyamment. Personne n'est recueilli, personne même n'est attentif, à l'exception de trois jeunes clercs qui glissent un regard libertin sous l'écharpe des jeunes filles agenouillées au-dessous d'eux.

Louis de CARNÉ, *Voyage en Indo - Chine*, p. 171-172.

Comédiens ambulants.

De gradin en gradin, à durs efforts, on avance tout de même. Derrière les ambulants, sous leurs talons, le paysage plus vaste s'approfondit en abîme, des bois sombres franchis avant l'aube jusqu'aux îlots éparpillés en archipel sur la houle grise. Entre les palétuviers des plages noyées et l'alpe massive, la mousson de nord-est ayant balayé les brumes du golfe, la plaine inculte allonge jusqu'à l'horizon occidental ses brousses que marquètent de taches jaunes ou violacées, loin à loin, quelques vagues défrichements. — Mais de tout cela les errants n'ont cure, en leur pénible ascension vers les plateaux où déferlent, dans la poussée irrésistible du vent, les hautes lames des nuées. A longs intervalles, au penchant d'une terrasse déclive, en marge d'un ravin sans eau, des arbres fruitiers à l'abandon parmi la ronceraie envahissante, des regains vivaces — maïs, riz de coteau — pas encore mangés par la folle avoine et les épines, témoignent de vergers délaissés, de récentes cultures. Parfois, au passage de marais, une bécassine jaillie des roseaux raye d'angles aigus le ciel morne ; — aux silencieux abords d'un village en ruine, des perdrix rappellent plaintivement dans le chaume ; — puis on n'entendait plus que le vent colérique des hauts dans les herbes dures...

Jules BOISSIÈRE (1), *Fumeurs d'opium*, p. 45-46
(Paris, Louis-Michaud, 1909.)

---

(1) Jules - Jean - Stanislas Boissière naquit à Clermont (Hérault), le 17 avril 1863. Il mourut à Hanoi le 12 août 1897. « A vingt ans, en 1883, il publie un recueil de poèmes : *Devant l'énigme,* où l'inquiétude sentimentale de son âge s'enveloppe de rhétorique scolaire. Trois ans plus tard, sa personnalité s'est extraordinairement accusée ; elle se révèle dans *Provensa.* En maintes aventures idéologiques, l'esprit du jeune homme s'est engagé ; et il serait facile, sans doute, de supposer les expériences dont sort le poète, — dont il sort avec un pli d'ironie aux lèvres, et couvert d'une expression d'infinie lassitude d'ennui supérieur. . . Boissière écrivait un provençal très

Hiver tonkinois.

... Le même jour, à l'heure *Ngo*, au sortir d'un plantureux repas dans la maison commune, un repas de riches où défile au complet la théorie des mets succulents : après les herbes bouillies, les grains de grenade et les vermicelles de riz, y figurèrent les poissons secs ou confits en saumure, et poulets frits et pigeons rôtis, hachis de porc et d'œufs en saucisse, filets de buffle sautés à la graisse ; et les viandes étaient coupées menu, en petits cubes, — pour être avalées sans que les dents y touchent, selon le précepte des rites. Et pour les arroser, on versa les alcools de poire, de prune et d'orange mandarine, les capiteuses eaux-de-vie chinoises.

La bise hostile, qui là-haut pourchassait d'un furieux aboi les errants et les mordait aux jambes, s'est radoucie ; au creux du val hospitalier, elle n'a plus pour eux, comme pour l'hôte de la maison un chien fidèle, que des haleines cordiales, soufflées en plein visage, et de chaudes caresses. Le soleil de clair argent descend vers les cimes, nimbé de floconnantes mousselines qui se parfilent en fumées légères librement envolées parmi le pâle éther. Une de ces après-midi de l'hiver tonkinois, tièdes comme un matin d'avril à la corniche de Provence, moins lumineuses pourtant et qu'une atmosphère toujours humide, émoussant les dures

---

coulant, riche en mots ; son vers est aisé, mélodieux, libre d'allure, mais s'astreignant, quand il le faut, aux règles d'une strophe compliquée... De 1891 à 1897, de son mariage à sa mort, le sentiment personnel s'est peu à peu inséré dans ses conceptions poétiques, jusqu'à créer le vers de 1896, halluciné, trouble, fiévreux, que coupent de grands frissons d'amertume. » *Fumeurs d'opium*, paru en 1896, semble être dû à cet état d'esprit visionnaire. Toutes les situations sont pétries de je ne sais quelle angoisse sans fond, — non pas vague, flottante, où l'esprit baigne sans être pénétré ; mais d'une angoisse extraordinairement aiguë, qui poind la chair, qui se distille en gouttelettes brûlantes. Si forte est l'impression que longtemps on la subit. C'est qu'en cette œuvre magistrale, Boissière a été servi par un métier conquis. De nombreux essais avaient précédé les *Fumeurs* ; et la discipline qu'impose l'emploi savant de la langue provençale fut salutaire à l'écrivain. Nous avons là une des « écritures » personnelles de la littérature française. Elle nous donne la sensation vivante de la réalité : l'objet est serré, il est délimité dans toutes ses lignes, dans tous ses contours par une phrase robuste, analytique : *il sort.* » (A. Maybon, *Jules Boissière*, dans *la Plume indochinoise*, 1er Octobre 1912.)

Les œuvres de Jules Boissière sont : *Situation de l'Indo-Chine française au commencement de 1894.* Hanoi, F. H. Schneider, 1894. — *Fumeurs d'opium. Comédiens ambulants.* Nouvelle édition. Paris, Michaud. — *Propos d'un intoxiqué. Le bonze Khou-su. Terre de fièvre. Cahier de route.* Préface de Jean Ajalbert. Paris, Michaud. — *L'Indochine avec les Français : la Société annamite et la Politique française.* Saigon. Hanoi. Hué. *Le village du « Fleuve de prospérité ».* Paris, Michaud. — *Devant l'énigme. Provensa. Li gabian* (poésies).

arêtes et les couleurs éclatantes, enveloppe d'une grâce particulière, le charme plus intime des lignes fondues et des nuances atténuées en grisaille. Aux crêtes sauvages, le vent, sonnant l'hallali, poursuit encore les brumes attardées, les déchire aux pointes des ronces et rabâche dans le bruissement des brousses ses désespérantes légendes; mais, ici, sans force, à bout d'haleine, il s'apaise. Le souffle alenti soulève à peine les lourdes feuilles des bananiers, pareilles à des boucliers de jade vert, et fait bruire doucement le plumet des aréquiers, autour de la maison commune où les pauvres errants étirent sur les nattes fraîches leurs membres si las, et pour se réchauffer, lampent à tasses brûlantes le thé de Chine, le thé « des Dix Mille Printemps »...

Jules BOISSIÈRE, *Fumeurs d'opium* (1), p. 77-78.

Un poste de la Rivière Claire.

Un petit poste de la haute Rivière Claire, un de ces postes perdus dans d'immenses régions dévastées, sur un mamelon isolé au milieu d'une plaine déserte ; une palissade entoure une douzaine de *cái-nhà* de chaume, et quelques chaumières s'espacent au pied du mamelon. La nuit tombe et noie dans ses ombres les lointains de la plaine et l'horizon de montagnes rangées en cercle; un vent froid fait trembler les cloisons dans les cases, frissonner les paillotes et grincer les bambous secs; il vient de là-bas, de l'inconnu; il va vers l'inconnu, là-bas: deux inconnus qu'on sait hostiles. Comme on se sent seul, ainsi qu'en plein océan, dans ce rectangle fortifié, à peine plus vaste qu'un trans-

(1) Nous regrettons de ne pouvoir reproduire, étant donné le caractère de notre recueil, de plus larges extraits des *Fumeurs d'opium*. Tout serait à citer de cet ouvrage, et Victor Le Lan, dans son *Essai sur la Littérature indo-chinoise* (p. 15-16), a raison de rappeler que Boissière « a vécu ce qu'il a écrit. J'entends dire par là, ajoute-t-il, qu'il a écrit sur place et non de chic, qu'il a écrit dans le pays. Boissière était sergent d'infanterie de marine. C'était à l'époque de la conquête. Après les rudes étapes de la journée, le soir, rentré sous la tente ou dans la pagode qui devait abriter son repos, il écrivait, une à une, ces nouvelles que nous avons depuis lors retrouvées dans son œuvre. Au cours d'une colonne et en poursuivant les pirates, il griffonna ainsi un certain nombre de feuillets, sans même se douter qu'il avait réuni les éléments d'un livre et d'un beau livre. Tout intimidé et craignant d'être éconduit, il s'en alla trouver les directeurs de l'*Avenir du Tonkin*, leur soumit ses essais. Quelques jours plus tard, sous le titre *Carnet d'un soldat* et la signature de « Khou-Mi, gardien de pagode », paraissaient les premières pages de ce qui s'intitule maintenant : *Fumeurs d'opium*. Poème unique et superbe, qui, hélas! n'aura pas de suite. »

atlantique ; comme on se réchauffe joyeusement à la flamme de bonnes causeries, dans cette salle à manger des officiers, ardemment éclairée, avec ses deux fenêtres où s'encadre un coin de l'espace sombre! Ici l'on bavarde, on chante, dans ce minuscule carré de lumière ; — au dehors, le vent qui siffle et rugit emporte l'appel effaré des *con nai* ou le souverain miaulement du tigre.

De quart d'heure en quart d'heure, on entend le : « Sentinelle, veillez! » courant d'un factionnaire à l'autre, la voix grave des Européens alternant avec l'appel nasillard des indigènes ; — puis, un féroce : « *Alta-là, ki biêu?* » (1) vociféré par un tirailleur annamite, et le déclic de la culasse. Vers deux heures du matin, des coups sourds et réguliers, — du bois frappant sur du bois, — annoncent que le boulanger est à l'ouvrage ; un bruit de pas, un murmure de voix : ce sont les rondes de relève ; dans les rares instants de calme absolu, des ronflements sonores se font écho ; — et parfois quelque cheval échappé pique une charge à travers la place d'armes.

Quel admirable pays de forêt vierge, partout impénétrable, sauf pour les Thô qui cultivent le riz dans quelques petites plaines disséminées comme des îles en plein océan de végétation!

Il est bien un être à part, le Thô de ces pays, produit de la montagne et de la forêt, cet homme qui va d'une allure presque lente, mais à si larges enjambées que nul Européen ne pourrait le suivre, qui se glisse silencieusement à travers les fourrés sans ébranler une feuille, et qui voyage la nuit, de préférence, sous ces ombrages denses, à travers ces régions où il doit s'orienter sans le secours des étoiles.

Pour arriver à S..., j'ai voyagé dix jours en forêt, humant l'odeur fiévreuse des feuilles et de la terre, sur le sol toujours humide, sous un inextricable entrelacement de branches, de lianes et de bambous. Il me souvient d'un ravin couvert d'une végétation prodigieuse, un dôme vert impénétrable à la vue, que dominait, seul, en avant d'une haute futaie, comme un roi précédant sa cour, un latanier géant érigeant son stipe svelte et droit et étalant la rosace-éventail de son feuillage fait de lamelles aiguës.

Jules Boissière, Propos d'un intoxiqué, p. 75-78.
(Paris, Louis-Michaud.)

---

(1) Corruption du français « Halte là! Qui vive ? »

Paysage tonkinois.

Près d'eux, dans un sampan abandonné, parmi les palétuviers, une récolte de grosses pamplemousses, vertes et
jaunes, imprégnait l'air d'une forte senteur d'essence d'oran-
ges et de citrons. Sur les fruits, voltigeaient lourdement,
comme pâmés de ce parfum et de ce poison, de larges
papillons gris et bleus, tachetés d'yeux de velours marron.
A droite, un arroyo d'eau savonneuse dormait au pied de roches à pic ; sur les rochers, parmi les brousses et les cycas,
s'érigeaient les ruines d'un ancien fortin des rois d'Annam
ou des rebelles, aux murs formés d'énormes blocs juxtaposés
et superposés, sans ciment, dominant le bras de mer. Et,
sur ces murs, très hauts, des cabris sauvages, des bou-
quetins blancs, bondissaient, tachetant de blanc les gris
calcaires.

Devant le jeune homme, l'eau bleue et calme s'étend,
coupée de bandes de blanc et d'azur, où la lumière frissonne,
jusqu'à la grève plate de Nghiêu-phong. Là-bas, loin derrière
l'île sablonneuse, le promontoire de Do-son, bleui par l'air,
s'allonge comme la tête d'un trigonocéphale. Au couchant, des
nuages arrondis, crépelés, d'un beau vermillon bordé d'or et
de braise, semblent voler et jouer, minuscules, autour d'une
vaste nuée emplissant l'horizon, une flottante nuée d'or
rouge qui, là-bas, sur Do-son, est soulignée d'une étroite
bande de vert céladon. Et, dans la tiède atmosphère, fouettée
de fraîches brises, l'universel silence n'est coupé, la rumeur
enragée des cigales se taisant, que par l'appel de la perdrix grise.

Jules BOISSIÈRE, *Propos d'un Intoxiqué*, p. 99-101.

Le lever du soleil sur la côte tonkinoise.

Peu à peu le brouillard s'atténua et s'amincit : mais, dans le
ciel enfin dévoilé, couraient de longues nuées grises... Des
oiseaux de mer passèrent, dans un souffle venu du golfe par
dessus l'île plate de Hà-nam. Des taches de bleu pâle trou-
èrent la nuée...

Alors, brusquement, le soleil écarta les brouillards ; — d'a-
bord, derrière ces fumées, il apparut tel qu'un pain à cache-
ter, blanc, sur le fond gris des nuages ; puis, les chauds

rayons ayant dispersé les brumes, vers huit heures du matin, le ciel tout entier se déploya, comme un pavillon d'un clair et tendre azur, où de lointaines nuées mettaient un frisson léger.....

Un souffle vif éparpillait joyeusement, au ras de l'eau et des rizières, les dernières brumes et la lourde et humide atmosphère de la nuit. Puis, au gré des brises matinales, dans le ciel, un instant dégagé tout entier, remontaient et se mêlaient des nuages blancs qui, en descendant vers l'orient, arrondissaient leurs beaux flancs et leurs belles croupes colorées de vermeil. Sur Hanam, tout à l'horizon, des fumées d'herbes qu'on brûle se fondaient sur le ciel en or transparent. Les pins de la concession faisaient doucement onduler au vent le sombre vert, lavé par la brume et le crachin matinal, de leurs feuillages ; sur leurs dômes mouvants, le zénith se teintait légèrement de vermeil ; et, sous leurs feuilles, c'était comme une fusion d'or sombre, éclatant pourtant, de cette teinte qu'ont gardée, des matins défunts de jadis, les tableaux du Lorrain.

Mais dans ce matin humide et rayonnant d'or sombre, seul, le petit coin où s'encadre Quảng-yên, avait la beauté, calme, jeune et claire, des aurores de printemps. Il semblait sourire, sur un pan de ciel très bleu et trempé de fraîche lumière, avec ses collines au sol rouge, aux clairs végétaux, avec ses maisons blanches aux toits de briques mouillées et comme violettes de l'aube qu'elles reflètent.

Jules Boissière, *Propos d'un Intoxiqué*, p. 153-156.

Une école de caractères chinois.

Dans une pauvre case aux murs de torchis, au toit de paille, vingt enfants sont accroupis en rond sur la natte qui couvre le sol battu, comme nos écoliers de jadis sur le *feurre* de l'ancienne Sorbonne. La varangue est largement ouverte sur une cour dallée où bruissent au vent d'été les feuilles des hibiscus et des églantiers ; et des moineaux se posent sur la margelle humide du bassin. Il est midi, un midi de juillet. Là-bas, dehors, les rues blanches de soleil sont désertes, à cette heure de la sieste. Pas un cri, pas une rumeur, pas un murmure. Dans le ciel, glisse le vol silencieux des pigeons bleus et violets, qui viennent se poser sur le chaume, ramenant leurs plumes frissonnantes, encore tout ébouriffées. Un vieux professeur, très grave avec ses énormes lunettes chinoises, « fait la classe » aux gamins du hameau. Il leur lit un passage du Tam-Tự-Kinh, « le livre des phrases de trois mots » ; il leur explique que l'on écrit les caractères de haut en bas, en colonnes disposées de droite à gauche, de même que, dit-il, pour boutonner votre blouse, vous ramenez la main, de droite à gauche, sur la poitrine. Et les enfants joufflus, à tête rase, leurs regards fixés sur le maître, écoutent très sérieusement, avec une gravité d'hommes faits, avec ce désir de comprendre, cet amour de savoir, qui font briller leurs prunelles. Maintenant, ils déchiffrent les caractères, à voix haute, et vingt bouches roses et rieuses, toutes ensemble, ânonnent les mots chinois, tandis que le maître, sourcils froncés, suit son texte, prêt à rectifier les mauvaises intonations.

Jules Boissière, *L'Indochine avec les Français*, p. 69-70.
(Paris, Louis — Michaud.)

Respect des Annamites pour l'instruction.

Jamais les Annamites, non plus que les Chinois, ne redoutèrent l'enseignement, ne le regardèrent comme dangereux pour la société ; toujours ils virent dans la diffusion parmi le peuple des connnaissances une condition de l'ordre social, de son affermissement et de sa durée. L'ignorant est, à leurs yeux, seul dangereux pour la société, puisque, n'en pouvant comprendre la belle ordonnance et la nécessité, inconscient d'un intérêt général et supérieur à l'intérêt particulier de chaque individu, cet ignorant reste livré, sans principes pour se défendre, aux seules suggestions de ses passions, de ses caprices, de ses misérables intérêts du moment. Aussi ont-ils gravé cette maxime : « La force réprime pour un temps, l'enseignement enchaîne pour jamais », aux murs de leurs écoles, et ont-ils ouvert ces écoles à tous les enfants, sans exception.

Et l'instruction paraît à tous chose si vénérable et si sacrée que le prestige de l'enseignement rejaillit en ces pays sur l'humble maître. Ce maître, on l'entoure d'un respect que, certes, n'obtiennent ni les gardiens de pagodes, ni les bonzes, ni les chefs de congrégations religieuses. Au professeur, le père délègue momentanément ses droits sur l'enfant, et l'enfant n'osera pas plus manquer aux devoirs envers le maître qu'aux devoirs envers le père et l'aïeul.

Jules Boissière, *L'Indochine avec les Français*, p. 73.

Du cap Saint-Jacques à Saigon.

Saigon est situé à 40 milles de la mer, sur la rive gauche de l'affluent du Don-nai qui a pris le nom de rivière de Saigon. Pendant quatre heures environ, vous remontez le courant limoneux, entre deux rives bordées de palétuviers. Ces arbres vivent dans l'eau, et le malheureux voyageur qui tomberait inaperçu dans le fleuve, ne pourrait prendre pied sur les rives où ils s'élèvent, tantôt noyées par le flux, tantôt à l'heure de la marée descendante, abandonnées par l'eau qui laisse à découvert une plaine de fange nauséabonde où l'homme et les grands animaux s'enliseraient jusqu'à la mort. Seuls, les oiseaux de mer et de marécages viennent se poser sur les palétuviers tristes, et de petits singes aussi, bondissant de branche en branche, s'avancent jusqu'au bord de l'eau...

Et vous avancez toujours. — Maintenant vous retrouvez, pour la première fois depuis le cap Saint-Jacques, des marques de la présence et de l'activité humaines ; des cases sur pilotis et, derrière le rideau de moins en moins épais des palétuviers de marécages, les bananiers aux longues feuilles retombantes, la svelte tige rigide et le fin plumeau des aréquiers, pareils à une jeune fille ébouriffée ; et les manguiers, et tous les arbres exotiques des vergers d'Annam ; çà et là un cocotier jaillit de terre ; mais, au lieu de s'ériger tout droit vers le ciel, comme ses cousins, l'aréquier et le palmier, il serpente obliquement, avec les sinueuses inflexions de son stipe frêle, et finit par dresser son éventail de palmes loin, par dessus la tête des arbres voisins.

Plus haut encore et plus avant...Maintenant, le rideau marécageux n'a plus deux mètres d'épaisseur ; puis il disparaît tout à fait : détroits et profonds arroyos, véritables canaux naturels, les sûrs chemins qui marchent de ce beau pays, glissent silencieusement parmi les rizières. Les rizières, elles s'étendent à perte de vue, sans limite, vers les quatre horizons, comme une mer. Leurs chaumes et leurs épis ne sont

pas cassants et lourds comme ceux des froments, mais au
contraire fins et souples ainsi que des cheveux d'enfant; et la
moindre brise, comme sur les lacs, y creuse des plis, y
gonfle des vaguettes qui se prolongent jusqu'à l'horizon. Et
dans cette immensité les villages, de plus en plus serrés,
semblent des îles ou des navires à l'ancre.

Le navire remonte toujours, suivant les sinuosités d'inter-
minables lacets, tournant sa proue tour à tour vers chacun
des quatre points cardinaux. Là-bas, tout au loin, Saigon apparaît; vous apercevez les plus hautes constructions du
quartier administratif, du plateau: le palais du Gouverneur
Général, le château d'eau, et, les dominant de toute la
hauteur de ses tours carrées de briques rouges, la cathédrale.
Pendant deux heures ces tours se dressent dans votre horizon à droite, à gauche, au Nord, au Sud, semblant jouer
à cache-cache avec l'œil du voyageur curieux. Enfin, voici
Saigon; votre navire, si c'est un transport ou un navire
de guerre, accoste à quai, contre la rive gauche du fleuve;
si vous avez pris passage sur l'un des paquebots du grand
courrier, le steamer file majestueusement le long des quais,
et devant lui les sampans indigènes s'éparpillent en essaim
effarouché; il passe devant l'embouchure de l'arroyo chinois et vient accoster aux appontements des Messageries
maritimes.

Jules Boissière, *L'Indo-Chine avec les Français*, p. 145-147.

La pagode de Ngọc-sơn.

L'île que surmonte la pagode fut baptisée par les Annamites la *Montagne de Jade*, et des inscriptions en caractères, au seuil du temple, disent aux sages lettrés qui le
visitent: « Pour qui connaît par l'étude les origines et sait
les raisons des choses antiques, la splendeur de ces lieux
est immortelle et infinie, comme l'air et la lumière. » [1]
Les poètes des temps passés se complurent à célébrer le
charme du lac et du paysage qui l'encadre: « Quand la

---

(1) 尋源訪古, 此中無限風光.

lune resplendissante apparaît sous le portique, ses rais blanchissent le pont; ainsi la Science fait tout briller au Ciel et sur la Terre. — La splendeur de la littérature s'élève jusqu'à l'étoile Đau du nord; l'ombre du pavillon tombe sur le lac (1). — Cet admirable site est devenu le rendez-vous des lettrés; ils y trouvent des endroits solitaires pour se livrer à l'étude et à la méditation, et d'autres endroits où ils se délassent de leurs fatigues; ici, tout les réconforte, tout les inspire, la terre, l'eau, les montagnes, la lune et la brise. » — Il fut certes doté d'une âme de poète, comme les auteurs de ces inscriptions, le lettré qui sur l'Obélisque du Pinceau, érigée dans la Pagode du Lac, grava en un jour d'enthousiasme: «Pinceau pour écrire au ciel bleu.» (2) Et l'inscription est restée, éternisant les heures de rêve ou de méditation que vint passer ici un savant lettré.

Jules Boissière, *L'Indochine avec les Français*, p. 209-210.

La pagode des deux Sœurs à Hanoi.

Visitez encore, non loin de la route de Hué, au village de Hương Viên, le temple dédié aux deux Sœurs qui, au 1er siècle de notre ère, chassèrent les Chinois du Tonkin. L'aînée des deux '' Dames '', Trưng-Trắc, régna sur les Annamites; les envahisseurs revinrent avec d'innombrables armées et, des nobles sœurs, la plus jeune périt dans un combat; l'aînée, ne pouvant plus vivre dans sa patrie asservie, fut enlevée au ciel par des Génies. Leur influence implorée aux mois de sécheresse donne la bonne pluie aux rizières. La pagode est entourée de banians colossaux dont l'ombre entretient toujours aux abords du monument une fraîcheur délicieuse; elle renferme les effigies en bois des deux Dames et de leurs servantes et deux gros éléphants en terre. L'architecture du bâtiment lui-même n'est pas très remarquable; on remarque çà et là quelques larges dalles, débris d'une ancienne chaussée, et surtout une stèle couchée dans l'herbe depuis des

---

(1) 文光冲斗北. 亭影落湖中.
(2) 寫青天.

siècles, à deux pas de la tortue en pierre qui devait lui servir de piédestal. L'intérieur du temple est richement décoré ; mais ce que rien ne dépasse ailleurs, c'est, avec le charme du site ombreux, l'attrait des souvenirs grandioses, toujours vivants en ces lieux où les lettrés aiment à retrouver, dans les caractères des inscriptions, les hauts faits dès ancêtres abolis : "Depuis trois siècles, Văn-Lang et Ba-Thục gémissaient sous une tyrannie exécrable.... Trưng-Trắc souleva les Annamites et se mit à leur tête, avec sa sœur. L'une et l'autre, jusqu'alors, s'étaient vêtues de soie et des plus riches étoffes ; leurs doigts si fins ne connaissaient que les joyaux. Et les deux Dames revêtirent le fer des lourdes cuirasses ; leurs mains brandirent le glaive et les javelots. En moins de trois mois les Chinois dispersés avaient regagné leur pays, cinquante-six forteresses étaient reprises, *et la patrie Annamite revivait.* Quand les deux sœurs eurent accompli leur sainte mission, elles remontèrent volontairement au ciel, la véritable patrie des Génies.

Jules Boissière, *L'Indochine avec les Français*, p. 215-216.

Le Grand Lac de Hanoi.

De séculaires banians étendent sur les bâtiments (de la pagode du Grand Bouddha) leurs ramures toujours vertes ; immuables, ils virent passer les révolutions et les dynasties, et tant de peuples — les Tartares et les Khoubilaï-khan après les Chinois de Mã-Viện, les Français après les Chinois. Assis à leur ombre, levez les yeux et regardez : au long de la rive basse les gramens frissonnants s'étendent jusqu'à l'eau ; à quelques mètres en avant, des îlots minuscules, noyés au temps des crues, surgissent et fleurissent durant l'hiver : peu de chose, à peine une motte de terre, large comme une serviette, juste ce qu'il faut pour nourrir un frêle arbuste et les folles herbes et les corolles que peuvent abriter ses rameaux. Puis sur des kilomètres, le lac s'étend ; le voici tour à tour bleuâtre et mat comme une plaque d'acier, ou, sous l'air fraîchissant, pareil à de l'argent bruni, rutilant comme une fournaise, ou gris et plat sous une pellicule de plomb, — le lac vivant et changeant à vue, au gré du soleil, des nuages et de la lune, et de la brise et des étoiles. Et suivez du regard les rides, s'éloignant là-bas, jusqu'à l'horizon, puis, par une molle courbe, revenant jusqu'à vous ; du vert, du vert encore, ici, là-bas, plus loin ; les toitures des villages émergent des massifs verts ; le stipe fin et le plumeau des aréquiers dominent tout cela ; les larges feuilles des bananiers retombent avec grâce, pareilles à des panneaux de jaspe ou d'émeraude ; les flamboyants, en mai, secouent leur bouquet fleuri, et les lourds pétales s'éparpillent en tombée de neige rose, rouge et pourprée. Cet arbre qui porte des fruits singuliers, tels qu'une claire gelée tremblante dans une enveloppe rugueuse, verte ou rougeâtre, c'est le letchi.

Jules Boissière, *L'Indochine avec les Français*, p. 218-219

Autour du Grand Lac.

Rien de plus charmant qu'une excursion en voiture autour du Grand Lac, une de ces belles nuits de nos étés d'Indo-Chine, au mois d'août, par exemple, quand la volupté d'aspirer le vent du fleuve, qui vient sans obstacle battre et rafraîchir votre front, lourd d'une tropicale après-midi, vous prépare à mieux comprendre et savourer les adorables paysages lacustres. Par intervalles, au galop des poneys tonkinois qui seul trouble l'universel silence, vous filez sous le dôme des mûriers, des letchis et des manguiers, entre-croisant leurs rames, mêlant leurs feuillages pointillés d'argent lunaire ; puis les branches s'écartent et se redressent, deux haies de bambous géants, à peine inclinés par un souffle tiède, courent jusque là-bas au prochain tournant de la route ; la voiture passe, ébranlant le sol, et des longues feuilles essaiment de phosphorescentes lucioles ; ces bleuâtres lueurs valsent et tourbillonnent, par myriades pressées, comme les étincelles jaillies d'un brasier furieusement fourgonné ; et tout cela se disperse et s'éparpille et se pose ; à peine quelques points de phosphore, toujours plus loin, vibrent encore, jusqu'à se confondre avec les claires étoiles qui là-haut clignotent au profond du ciel subitement élargi. Vous passez au ras d'un village enfoui sous ses arbres ; les chiens aboient au passage, et leurs clameurs vont réveiller, aux prochains hameaux,

d'autres « cabots » qui, dans le concert, feront aussitôt leur
partie. Puis, sans transition, plus d'arbres, les haies sont
tombées ; et la calme lagune à vos pieds s'étale, belle de
son ampleur que la nuit décuple et des riches décors dont
la lune et l'eau presque seules composèrent la magie ;
un poisson crève la pellicule du lac dormant, qui s'écla-
bousse d'argent ; il retombe, et des cercles lumineux s'é-
largissent et tremblent ; près d'un îlot, le lac reflète ren-
versés la motte de terre et l'arbrisseau, et leur reflet sombre
est cerné d'une replendissante auréole ; ici, dans un remous,
l'image de la lune s'allonge et se brise, et le lettré, mon
voisin, jurerait le glaive tors du demi-dieu Ly-ong-Thân ; là-
bas, au large, s'étend dans un miroitement une nappe de clarté mate. Plus vite, cocher, fouettez les petits chevaux ; l'ex-
quise sensation, pour s'exaspérer, veut la jolie demi-gri-
serie de la course, et nous évoquerons, au galop, le vieux
poète Ly-tai-Pé, qui n'aime rien davantage que la bonne lune
refletée dans sa tasse en porcelaine pleine de vin.

Jules BOISSIÈRE, *L'Indochine avec les Français*, p. 220-222.

TABLE DES MATIÈRES

Louis de Carné.

Jules Boissière.